LE

CAS DE. M. GUÉRIN

CALMANN LÉVY, ÉDITEUR

OUVRAGES

D'EDMOND ABOUT

Format grand in-18

THÉATRE

Emile Colin. — Imp. de Lagny.

LE
CAS DE M. GUÉRIN

PAR

EDMOND ABOUT

DE L'ACADÉMIE FRANÇAISE

NOUVELLE ÉDITION

PARIS

CALMANN LÉVY, ÉDITEUR

ANCIENNE MAISON MICHEL LÉVY FRÈRES

3, RUE AUBER, 3

——

1898

A MON AMI CHARLES ROBIN

PROFESSEUR A LA FACULTÉ DE MÉDECINE

LE

CAS DE M. GUÉRIN.

I

M. Guérin, qui vient de mourir à l'âge de cin-
quante-deux ans, était chevalier de la Légion
d'honneur, licencié en droit, chef de bureau au
ministère des finances, ancien capitaine en premier de la 2ᵉ compagnie du 7ᵉ bataillon de la garde
nationale. Il laisse une fortune d'environ vingt-
cinq mille francs de rente, une veuve inconsolable

et un fils de dix-huit ans, bachelier ès sciences, candidat à l'École de Saint-Cyr.

Il décéda, le jeudi 15 novembre 1860, en son domicile, rue des Martyrs, 50, en face de la rue de Navarin. Le vicaire de Notre-Dame de Lorette, qui lui administra les derniers sacrements, dit qu'il avait vu peu de morts plus chrétiennes et plus édifiantes. Ses funérailles furent retardées jusqu'au dimanche 18, afin que ses chefs, ses collègues et ses subordonnés pussent lui rendre les derniers devoirs.

Non-seulement un peloton de la garde nationale lui rendit les honneurs militaires, mais toute la 2ᵉ compagnie du 7ᵉ bataillon l'accompagna spontanément jusqu'à sa dernière demeure. M. Rivet, peintre en décors, lieutenant en second de la compagnie, lut un discours plein d'énergie et de facilité, dont nous regrettons de n'avoir pu obtenir copie. Mais *la Patrie* a reproduit ce passage de la belle allocution qui fut improvisée par M. Ducluzeau, sous-chef de la division de la comptabilité

« Fidèle à tous ses devoirs, il les remplit jusqu'à l'épuisement de sa vie, et, s'il est vrai qu'il rendit le dernier soupir entre les bras d'une épouse et d'un fils adorés, on peut dire qu'il exhala l'avant-dernier dans nos bureaux, comme s'il avait voulu nous donner à tous ce suprême enseignement. Puisse l'administration de nos finances recruter toute une pléiade de fonctionnaires aussi zélés que lui! Puisse la cendre de Pierre-Marie Guérin, dis-

persée aux quatre vents de l'horizon, produire une
ample moisson de bureaucrates aussi exemplaires!
Quant à nous, pauvre ami! nous attendons l'ar-
rêté ministériel qui doit nommer ton successeur;
mais nous n'espérons pas que Son Excellence te
trouve jamais un remplaçant. Adieu! Que dis-je?
Au revoir! »

Le fils unique du défunt, un beau jeune homme
alangui par la douleur et par les veilles, fondit en
larmes et serra dans ses deux mains les mains de
l'honorable M. Ducluzeau. On l'entraîna par force,
car il ne pouvait s'arracher à cette tombe mal fer-
mée. Quelques amis de la famille le firent monter
dans une voiture de deuil et le ramenèrent chez
madame veuve Guérin. A toutes les consolations

qu'on essayait de lui faire entendre, il répondait
obstinément :

— Ah! si vous saviez ce que j'ai perdu!

— Soyez homme, lui disait-on; songez que c'est
à vous qu'il appartient de consoler madame votre
mère!

A ce mot, son désespoir redoublait de violence,
et il s'écriait, avec l'entêtement des douleurs
vraies :

— Ma mère? Ah! l'on voit bien que vous ne savez pas ce que j'ai perdu!

La foule se dispersa lentement. Quelques gardes
nationaux, le cœur serré par l'émotion et par le
froid, se répandirent dans les cabarets du faubourg
Montmartre pour prendre un peu de consolation.
Mais, tandis que deux fossoyeurs ivres jetaient sur

le cercueil les dernières pelletées de terre en fre-
donnant la chanson des *Petits Agneaux*, un homme
en habit noir et en cravate blanche, caché derrière
un grand cyprès, plongeait ses regards jusqu'au
fond de la tombe avec une sorte de curiosité farouche. Il désignait du doigt cette fosse, pareille à
toutes les autres, et perdue au milieu de quinze ou
vingt mamelons uniformes, où un troisième ivro-
gne plantait en trébuchant quelques petites croix
de bois noir.

— O nature! disait-il en serrant les poings, per-
mettras-tu qu'un de tes ouvrages les plus merveilleux soit dérobé aux investigations de la science?...
Ils m'ont refusé ce corps, unique peut-être dans
les annales de la tératologie!... Les préjugés de la
famille! le respect!... Comme si c'était respecter

un sujet que le donner en pâture aux vers!...
Quelle gloire pour moi, si j'avais pu!... C'était tout
un livre à écrire, avec gravures, ou mieux... avec
photographies! On sait que la photographie ne
ment pas. Personne n'aurait pu nier l'évidence. Les
théories les plus anciennes et les plus accréditées
croulaient à cette lumière! Un coup de foudre dans
un ciel serein! une révélation physiologique! une
ère nouvelle, à laquelle j'aurais attaché mon nom :
l'ère du docteur Robineau! Ah! messieurs les Anglais! vous avez découvert la circulation du sang ·
je vous aurais rendu la monnaie de votre pièce!...
Mais tout n'est pas désespéré. Je ferai jouer des
ressorts... j'intéresserai l'Académie de médecine et
l'Académie des sciences. J'irai jusqu'à l'empereur,
s'il le faut. L'autorité nous doit son appui. Veut-

on, ou ne veut-on pas que la France soit la reine des nations ? Je lutterai, je vaincrai. Toi ! Pierre Marie Guérin, attends-moi seulement trois jours. e reviendrai, le scalpel en main, t'arracher ton secret. Au revoir, comme disait ce vieil imbécile de tout à l'heure. Au revoir !

II

On aurait peine à s'expliquer la curiosité farouche du docteur Robineau, si nous ne donnions ici quelques détails biographiques sur son ancien malade, M. Guérin.

Il naquit à Paris, en 1809. Son père et sa mère étaient boulangers au numéro 48 du faubourg

Saint-Martin. La boutique existe encore, et elle est toujours occupée par un boulanger.

Madame Guérin, la mère, mariée à l'âge de vingt ans, avait déjà un enfant du sexe masculin lorsqu'elle s'aperçut qu'elle était grosse pour la seconde fois. Elle désira une fille. Si vous avez lu l'*Histoire du Consulat et de l'Empire*, par M. Thiers, vous vous expliquerez facilement le désir de madame Guérin. Elle voulait avoir au moins un enfant qui ne partît jamais pour la guerre. Pour plus de sûreté, elle fit des neuvaines : la religion commençait à refleurir. Dans son impatience, elle alla consulter mademoiselle Lenormant : la superstition des cartes était alors dans toute sa force.

La pythonisse de la rue de Tournon lui parla en

termes vagues du passé, du présent et de l'avenir.
La vérité se vendait assez cher, et l'on n'avait pas
un oracle de première classe pour une pièce de
cinq francs.

— Ce n'est pas tout ça, disait toujours madame
Guérin, aurai-je une fille? Coûte que coûte, j'y
mettrai le prix; nous ne sommes pas à dix francs
près; dites-moi si l'enfant que je porte sera une
fille ou un garçon.

Mademoiselle Lenormant lui fit couper les cartes
une seconde fois et se remit à lire dans ce singulier livre qu'elle éparpillait sur la table.

—J'ai beau chercher, disait-elle, je ne vois
rien ici... ni là... ni là... Attendez, voici quelque
chose. Le temps a marché... l'enfant que vous
portez dans votre sein a grandi... les années ont

passé sur sa tête sans amener la souffrance ni la misère. Voici de l'argent; voilà du bonheur domestique... Dix ans, vingt ans, vingt-cinq ans et plus... Que vois-je ici?... Votre enfant est au lit, dans une grande et belle chambre, au bord d'un fleuve, à la campagne.

— Malade?

— Je ne sais; mais, dans tous les cas, faible et abattu. Vous êtes assise au pied de son lit; une autre personne... une femme? oui... se tient à son chevet. Un homme venu de loin, un homme de science, vous présente un enfant nouveau-né.

—Un petit-fils! cria madame Guérin; j'aurai un petit-fils! Dieu permettra que j'assiste aux couches de ma fille! Ah! mademoiselle Lenormant, vous pouvez vous vanter de m'avoir donné du bonheur pour toute ma vie; et je vous enverrai toutes les bourgeoises de mon quartier !

Elle vida son boursicot sur le tapis de la prophétesse, et courut porter la bonne nouvelle à son mari. Les parents décidèrent sur l'oreiller que la petite s'appellerait Marie et qu'elle serait vouée au blanc.

Trois mois après, le jour même où l'on apprenait à Paris la triste capitulation de Baylen, madame Guérin mit au monde un gros garçon, bien constitué, et aussi franchement garçon que notre faible humanité nous permet de l'être. Les commères du quartier le considérèrent sur toutes ses faces et en firent compliment au père Guérin.

Mais la pauvre boulangère fut longtemps comme Calypso, qui ne pouvait se consoler. La naissance

d'un deuxième fils, en ce jour de deuil national,
lui apparut comme un désastre dans un désastre.
Dans sa douleur, elle s'en prenait tantôt au général Dupont, tantôt à mademoiselle Lenormant.
Elle n'était pas éloignée de croire que ces deux
personnages s'étaient donné le mot pour trahir
la patrie et la famille Guérin. Elle courut chez
la pythonisse et lui fit une querelle digne des
halles.

— Voyez un peu la mijaurée qui me promet
une fille, et c'est un garçon qui nous vient !

Mademoiselle Lenormand était fille d'esprit. Au
lieu de jeter la Guérin à la porte, ce qui eût scan-
dalisé la maison et effarouché la clientèle, elle
prit son jeu de cartes et dit :

— Revoyons cette affaire, j'ai peut-être mal lu.

Mais non ! c'est bien cela. Je vois une petite ville au bord d'un grand fleuve... votre enfant dans un lit... malade... aux portes du trépas ! Il renaît, il sourit ; vous le serrez sur votre cœur. Ciel ! j'entends les cris d'un nouveau-né ; grande joie dans la famille. Fortune, honneurs, considération, tous les biens en abondance. De quoi vous plaignez-vous, grand'mère ? Allez en paix, et ne doutez plus !

La bonne femme s'en alla plus étourdie que consolée. Toutefois, elle accomplit fidèlement le vœu qu'elle avait fait ; son fils reçut le prénom de Marie, et porta du blanc ou du bleu jusqu'à l'âge de sept ans.

Grâce au vœu maternel et à l'excellente constitution dont il était doué, Pierre-Marie sortit vainqueur d'une grosse scarlatine qui avait emporté son frère aîné. Sa mère l'aima pour deux lorsqu'il fut seul à la maison. Elle le serrait sur son cœur avec des angoisses inexprimables chaque fois qu'on recevait la nouvelle d'une victoire et un bulletin de la grande armée.

— Ah! mon pauvre chéri, lui disait-elle, ils viendront te chercher pour te faire soldat! Si tant seulement tu étais une fille!... Mais on nous a jeté un sort!

Souvent aussi, elle l'appelait « Ma fille, ma pauvre petite Marie! »

A trois ans, l'enfant eut mal aux yeux. M. Guérin, qui était venu de son village avec deux écus de trois francs, décida qu'il serait bon de lui percer les oreilles. C'est une opération qui guérit tous les

maux des enfants au village; madame Guérin ne
se le fit pas dire deux fois. Elle conduisit Pierre-
Marie chez un bijoutier du faubourg, qui piqua
ces pauvres oreilles dans un bouchon, comme on
pique les papillons au fond d'une boîte. La mère
fut ivre de joie lorsqu'elle vit des boucles d'or aux
oreilles de son fils.

(Le gentleman qui traduira ce livre en anglais fera bien de supprimer le paragraphe suivant.)

Il y a, dans la vie des garçons, une journée
passablement solennelle. Si, par la suite des temps,
nous n'en gardons qu'un souvenir confus, c'est
que des événements de plus haute importance sont
venus se graver dans notre mémoire. Je comprends, à la rigueur, qu'un homme marié se rap-

pelle principalement le jour où il a pris femme ;
un religieux, le jour où il a pris l'habit ; un homme
d'État, le jour où il a pris le timon des affaires ;
un homme de guerre, le jour où il a pris Sébas-
topol ; un homme d'argent, le jour où il a pris
la fuite en Amérique. Mais tous ces gens-là pé-
cheraient contre la religion des souvenirs s'ils re-
léguaient dans un oubli systématique le jour où
ils ont pris la culotte et revêtu cet insigne civil
que les Européens n'abandonnent définitivement
qu'avec la vie.

Le jeune Guérin, que plusieurs habitants du
quartier appelaient par ignorance « la petite Guérin, » porta la jupe des enfants jusqu'à la fin de sa
dixième année. Sa mère comprenait bien qu'il eût
été grand temps de le conduire chez un tailleur ;

mais le cœur de la boulangère se déchirait à cette idée.

Il reçut la première éducation dans une école de tout petits enfants, où les deux sexes étaient réunis. Lorsqu'il sut lire, écrire et compter, il étudia dans l'arrière-boutique de son père, sous les yeux d'une vieille demoiselle qui donnait des leçons à vingt sous le cachet.

Mais, à la rentrée de 1818, le père Guérin, qui ne manquait pas de bon sens, décida que son fils entrerait au collége. Un bon noble, qu'on avait obligé en d'autres temps, lui fit obtenir une demi-bourse au collége royal d'Henri IV. La mère pleura, Dieu sait! mais l'enfant ne parut point fâché de s'habiller en petit homme. J'avoue qu'il fut bien gauche et bien emprunté la première fois qu'il revêtit l'uniforme à boutons de métal.

Ses camarades se moquaient de lui parce qu'il portait des boucles d'oreille; parce qu'il marchait des épaules; parce qu'il lançait la balle avec une gaucherie féminine; parce qu'il signait ses copies « Marie Guérin; » parce qu'il s'oubliait en parlant jusqu'à dire : « Je suis lasse, je suis contente. » Un plaisant qui avait la tête de plus que lui se permit de l'appeler mademoiselle et de l'embrasser à la sortie d'une classe. Pierre-Marie lui répondit à grands coups de poing, et prouva qu'il serait du bois le plus dur dont on fabrique les hommes. Il brisa ses boucles d'oreille et signa « Guérin » tout court.

Il occupait dans ses classes un rang honorable. vers l'âge de quatorze ans. il fit une maladie qui le retarda un peu. Il devint rêveur et taciturne, et prit en dégoût le travail et le plaisir. On le voyait bâiller non-seulement en classe, comme ses camarades, mais aussi en récréation. A la moindre observation de ses maîtres, il pleurait. Il se plaignit bientôt de palpitations violentes. Tout le monde s'aperçut alors qu'il pâlissait jusqu'aux lèvres, et que l'éclat de ses yeux semblait s'éteindre de jour en jour sous ses paupières bouffies. Madame Guérin fut mandée à l'infirmerie, et s'épouvanta de ce dépérissement. Elle interrogea le médecin, qui lui apprit assez peu de chose.

— Si votre fils était une fille, je vous dirais : « Emmenez-la chez vous, donnez-lui une chambre sèche et bien aérée, mettez-la à un régime tonique et faites-lui prendre de l'exercice. » Mais c'est un garçon : la chlorose est plus que rare chez les personnes de son sexe, et j'y perds mon latin.

— Plût à Dieu, reprit madame Guérin, que mon garçon fût une fille ! Mais n'importe. Ordonnez qu'on me le rende, et je ferai ce qu'il faudra, sans regarder à la dépense.

Deux mois après, elle le ramena guéri, florissant et rougeaud. Mais, dans une querelle avec un de ses camarades, il reçut un coup de poing qui le fit saigner du nez pendant deux jours, et ces épistaxis se renouvelèrent périodiquement jusqu'à la fin de sa vie.

Il avait cru remarquer qu'un bon saignement de nez le guérissait des maux de tête. Comme il était ou croyait être sujet aux migraines, il se provoqua lui-même à saigner une fois par mois, et cette ha-

bitude, aidée de quelques efforts, dans les premières années de la jeunesse, devint, chez lui,
comme une seconde nature.

III

Ses études terminées, il se présenta au bacca-
lauréat ès lettres et fut reçu avec éloges le 17 août
1827. Il était grand, bien bâti et large des épaules.
Sa figure ne petillait pas d'intelligence, mais ce
n'était pas non plus la figure d'un sot. Il avait le
nez carré, la bouche large, le teint riant et clair,

les cheveux châtains. Deux gros yeux bleus animaient doucement cette physionomie un peu vulgaire. La barbe, qui commençait à foisonner, promettait d'être blonde, avec quelques reflets d'or.

Il est certain qu'Antinoüs avait un autre genre de beauté ; mais, pour les femmes du faubourg Saint-Martin, et spécialement pour mademoiselle Henriette, Pierre-Marie était un jeune homme appétissant.

Mademoiselle Henriette occupait un petit logement au quatrième étage, dans cette maison du numéro 48. Elle se trouva la voisine du nouveau bachelier, lorsque M. Guérin père émancipa son fils en lui donnant une chambre indépendante. Il était convenu que Pierre-Marie suivrait les cours

l'École de droit et qu'il se reposerait jusqu'à
l'époque de la rentrée. L'honnête jeune homme
employa ses vacances à des lectures sérieuses et
à de longues promenades autour des monuments
de Paris. Ses parents, pleins de confiance en lui,
ne le surveillaient ni dans la maison ni dehors.
Le père avait son four et son pétrin, la mère était
enchaînée au comptoir. Ce qui étonnait grande-
ment mademoiselle Henriette, c'était qu'un jeune
homme si libre prît si peu de libertés avec
elle.

Elle le rencontrait de temps en temps dans
l'étroite allée d'en bas, ou sur la même marche de
l'escalier, ou sur le palier qui séparait leurs deux
chambres au lieu de les réunir. Pierre-Marie saluait sa voisine avec la plus scrupuleuse poli-

2.

tesse, mais la conversation s'arrêtait là. Mademoiselle Henriette n'eût pas été fâchée de pousser les choses un peu plus loin. Elle appartenait, comme vous le pensez bien, à cette caste aimable et frétillante qui a disparu de Paris depuis tantôt vingt ans. Grisette de la tête aux pieds, elle portait un petit bonnet à fleurs qui avait déjà sauté par-dessus quelques moulins. Les jeunes gens du magasin où elle allait reporter son ouvrage lui disaient qu'elle était jolie; les beaux messieurs qui la faisaient danser à Tivoli, le dimanche, lui répétaient la même chanson; un certain M. Édouard, homme établi, qui lui tenait compagnie de temps à autre et payait régulièrement son terme, lui prouvait par sa jalousie qu'elle était faite pour tenter les galants.

Tous ces gens-là, et le miroir dont nous n'avons encore rien dit, formaient une sorte de concert où le jeune Guérin refusait seul de faire sa partie. La froideur de ce bachelier ès lettres avait l'air d'un démenti donné en face à l'évidence. Si bien que mademoiselle Henriette mit ses charmes en batterie contre le fils du boulanger.

Que de fois elle emplit la maison de ses roulades les plus argentines, tandis que Pierre-Marie se bouchait énergiquement les oreilles pour être tout à sa lecture ! Que de fois elle vint en déshabillé du matin, et fort séduisante, ma foi ! lui emprunter un briquet phosphorique ! Pierre-Marie rougissait comme une pivoine et baissait modestement les yeux. Car il avait des yeux. Il avait remarqué dès le premier jour que sa voisine était fort belle, et il ne se tenait si bien sur ses gardes que parce qu'il se sentait faible en présence du danger.

Au fond du cœur, il était flatté d'avoir attiré l'attention d'une jolie personne. Peut-être même se livrait-il à certaines coquetteries par le désir secret d'exalter l'amour qu'il avait fait naître. S'il acheta une robe de chambre à grands ramages et s'il se fit broder un bonnet grec par son innocente mère, ce n'était pas sans doute pour faire peur à mademoiselle Henriette. Il se disait déjà, en caressant sa moustache blonde :

— Quand je la rendrais un peu folle de moi, où serait le mal? Après tout, cela n'engage à rien.

Comme si la coquetterie pouvait exaspérer l'amour de l'un sans augmenter le danger de l'autre!

Un beau matin, sa voisine entra chez lui sans prétexte. Elle le pria de s'asseoir, se campa en face de lui sur une chaise, et lui dit à brûle-pourpoint :

— Monsieur Guérin, qu'est-ce que je vous ai fait ? Pourquoi me détestez-vous ?

Le pauvre garçon se crut menacé de quelque violence, et délibéra un instant s'il crierait à l'aide. Mais la tristesse et le respect qui se laissaient deviner dans les yeux de mademoiselle Henriette le rassurèrent un peu. Il protesta de ses bons sentiments et jura qu'il ne haïssait personne. Il offrit même son amitié à mademoiselle Henriette, si elle voulait s'en contenter. Mademoiselle Henriette, qui connaissait ce jeu-là pour l'avoir joué quelquefois, accepta l'amitié de Pierre-

Marie et fit si bien, que, sous prétexte d'amitié, le jeune homme se laissa prendre la main. C'était vers la deuxième inscription de sa première année de droit. Il avait fait une belle défense, comme vous voyez, et il se flattait de résister jusqu'au bout. Mais, lorsqu'on ne veut pas laisser prendre une place forte, il faut empêcher l'ennemi de s'établir dans les faubourgs.

Avant la troisième inscription, c'est à dire au commencement d'avril, Pierre-Marie s'aperçut que mademoiselle Henriette, sans avoir acquis aucun droit sur lui, jouissait de priviléges inquiétants. Elle entrait sans frapper, à toute heure du jour, et saluait son ami d'un baiser demi-fraternel qui le troublait jusqu'au fond de l'âme. Les visites étaient longues, les causeries intimes;

on ne le séparait point sans réitérer cette em-
brassade, qui ne péchait plus par excès de fra-
ternité. L'étudiant se laissait faire : il comprenait
que repousser maintenant les baisers d'Henriette
serait trahir le secret de sa propre faiblesse. Mais,
un jour qu'il s'était senti pâlir sous les lèvres de
sa voisine, il comprit l'imminence du danger et
décida que, le lendemain, il fermerait sa porte.
Cette résolution tardive accéléra la chute de l'innocent Pierre-Marie.

La journée se passa bien. L'étudiant s'était bar-
ricadé. Henriette ne vint pas même frapper à sa
porte. Elle recevait la visite de ce M. Édouard,
qu'elle avait toujours oublié de présenter à son
voisin. Pierre-Marie descendit à six heures pour
dîner avec ses parents; après le café, il s'en alla

tout seul au Théâtre-Français et réconforta sa vertu de cinq actes de tragédie. Mais, en rentrant au logis, comme il s'avançait à pas de loup vers sa porte, le bougeoir dans la main gauche et la clé dans la main droite, il se vit face à face avec mademoiselle Henriette, en négligé du soir.

— Je ne vous ai pas aperçu de la journée, lui dit-elle. Avez-vous le temps de causer dix minutes avec moi?

Il balbutia une excuse et finit par déclarer qu'il n'oserait recevoir une personne du sexe, à cette heure avancée de la nuit.

— Qu'à cela ne tienne, répondit la voisine. Entrez chez moi ; je ne vous mangerai pas.

Son instinct lui conseillait de refuser cette invitation ; mais, tandis qu'il cherchait une formule

polie, il se trouva assis dans le meilleur fauteuil
de mademoiselle Henriette : son bougeoir et sa
clé ne l'avaient pas quitté, et il avait encore son
chapeau sur la tête. La grisette le débarrassa de
tous ces accessoires et lui tendit son petit museau
fripon avec une grimace des plus agaçantes.

Pierre-Marie n'aurait pas rejeté la tête en arrière
s'il eût été un homme semblable aux autres. Mais
son visage exprima la plus vive terreur.

— Non, dit-il, je ne veux pas... je ne veux
plus vous embrasser! Ce serait me perdre; laissez-moi partir! Adieu, mademoiselle! adieu pour
toujours!

Elle s'agenouilla devant lui avec cette grâce féminine à laquelle rien ne résiste.

— Monsieur Pierre-Marie, lui dit-elle, pourquoi vous enfuyez-vous ? est-ce que je vous déplais ? est-ce que je suis laide ?

— Non, mais adieu !

— Est-ce qu'on vous a dit du mal de moi ? Croyez-vous que je ne sois pas une bonne fille ?

— Si, vous êtes bonne. Je vous remercie bien de vos sentiments... mais je vous en prie, laissez-moi partir !

— Vous ne partirez pas avant de m'avoir entendue. Il est tard ; les principes sont couchés ; il ne sera pas dit que nous avons fait tant de chemin pour rester en route !

— Henriette ! par pitié !

— Vous me détestez donc, monsieur Pierre-Marie ?

— Je la déteste ! moi !... Bonté divine !

— Avoue-le donc, grand enfant, que tu m'aimes!

— Eh bien, oui! Et maintenant laissez-moi, car jamais je ne serai à vous!

Henriette, à son tour, se rejeta en arrière et versa un torrent de vraies larmes.

— Ainsi donc, s'écria-t-elle, voilà comme vous récompensez ma tendresse! On aime pour la première fois de sa vie... ou la deuxième; on se jette à votre tête sans intérêt, sans malice, à la bonne franquette, et monsieur se sauve de moi comme du feu! Il fallait le dire plus tôt, si vous ne vouliez pas vous laisser aimer, cruel que vous êtes! Maintenant, le mal est fait et j'en mourrai, c'est plus que sûr. Heureusement, le charbon n'est pas cher; on en a un boisseau pour

Ce cri d'un cœur aimant trouva un écho dans le cœur de Pierre-Marie. Un vertige le saisit, la tête lui tourna, ses yeux se fermèrent, ses bras s'étendirent vers la grisette pour la saisir et la repousser à la fois.

— Henriette! cria-t-il, si vous vous faisiez un jeu de ma crédulité, si vous m'aviez poussé à l'oubli de tous mes devoirs pour satisfaire un simple caprice, si vous étiez femme à m'abandonner après ce que je fais pour vous, ce serait bien mal! Mais je ne me défends plus, puisque vous me dites que vous m'aimez! Prenez-moi, perdez-moi, faites de moi ce que voudrez. Je vous aime

La bonne fille lui sauta au cou, riant, pleurant, et disant de grosses bêtises. Les mots *toujours, ja-*

mais, à toi, je t'aime, se mêlaient, se croisaient, se heurtaient dans sa jolie bouche. Et, au milieu des plus tendres caresses, elle s'écria, comme saisie d'une inspiration subite :

— Ah çà ! mais il me semble que c'est moi qui te fais la cour ! Es-tu donc une demoiselle ?

Pierre-Marie lui prouva qu'elle se trompait.

IV

Le lendemain matin, mademoiselle Henriette
fut éveillée par un sanglot. Elle aperçut dans un
coin de la chambre Pierre-Marie assez court
vêtu, et abîmé dans le plus profond désespoir.
La bonne fille se frotta les yeux, courut à son
amant et lui demanda s'il avait eu quelque mau-

vais rêve. Il ne répondit que par des lamenta-
tions...

— Qu'ai-je fait ! disait-il. Dans quel abîme
m'avez-vous entraîné ! Je suis un jeune homme
perdu... De quel front aborderai-je mon père et
ma mère ? Ne vaudrait-il pas mieux courir au
pont des Arts et en finir avec la vie comme j'en
ai fini avec l'honneur ?

La grisette ouvrait de grands yeux et ne comprenait rien à ce langage. Elle avait compté sur
un autre réveil et mérité plus de reconnaissance.
Lorsque Pierre-Marie lui permit de placer deux
mots, elle lui répondit assez fièrement :

— A qui diable en as-tu ? Je ne t'aurais jamais cru
si mystique, et d'ailleurs, tu n'es pas encore dans
l'âge de la dévotion. N'as-tu pas été au collége ? ne

sais-tu pas ce que c'est que la vie ? Où as-tu entendu dire qu'un garçon devait prendre le deuil de sa propre bêtise ? C'est le monde renversé, ma parole d'honneur !

Pierre-Marie s'excusa d'avoir mal parlé et de lui avoir fait de la peine. Il n'était ni plus ignorant ni plus scrupuleux que les autres garçons du même âge. Il avoua que son chagrin était non-seulement ridicule, mais impoli et même ingrat. Et pourtant une terreur inexplicable lui serrait le cœur comme dans un étau. Il craignait d'expier cruellement sa faute.

— Mais encore une fois, quelle faute ? reprit mademoiselle Henriette. Dans quel livre as-tu donc appris la grammaire ? *Faute* est un mot féminin qui n'a pas de masculin en français. On dit d'une demoiselle qu'elle a fait une faute ; mais, quand c'est un jeune homme, on dit qu'il s'est amusé. Comprends-tu ça, grand innocent ?

— Certainement, répondit-il en essuyant ses larmes ; mais la peur absurde qui me poursuit est plus forte que ma raison. Je rêve des dangers si impossibles et si monstrueux, que vous ririez de moi si je vous faisais toutes mes confidences. Est-ce une suite de ma première éducation ? Je me persuade quelquefois que je ne suis pas un homme comme les autres !

Mademoiselle Henriette, quoiqu'elle n'eût pas tout à fait vingt-cinq ans, avait pu acquérir quelques notions d'anthropologie comparée. Elle affirma à Pierre-Marie qu'entre les autres et lui la différence était toute en sa faveur.

Ainsi rassuré, il redevint tendre et caressant, et fit jurer à mademoiselle Henriette qu'elle l'aimerait toujours, qu'elle n'aimerait que lui, qu'elle ne le quitterait jamais.

— Pauvre moi! disait-il en l'embrassant, que deviendrais-je maintenant, si vous m'abandonniez?

— Pardi! répondait-elle en lui rendant son baiser, tu te consolerais avec une autre. Qui est-ce qui n'a pas été un peu planté là? Les femmes n'en meurent point, on le sait par expérience. Quant aux hommes... suffit.

L'heure du déjeuner les sépara pour quelque temps; mais le jeune homme ne tarda point à reparaître. Ce beau jour était un dimanche, et les élèves de M. Duranton avaient congé. Quel ne fut pas le désappointement de Pierre-Marie lorsqu'il trouva sa maîtresse en grande toilette et prête à sortir !

— Vous me quittez déjà? lui dit-il. Moi qui comptais passer la journée avec vous !

Elle allégua des affaires importantes ; et le fait est qu'un déjeuner dînatoire au *Banquet d'Anacréon* n'était pas une affaire sans importance. Pierre-Marie eut beau plaider, prier, supplier, Henriette fit la sourde oreille. Il vanta les douceurs de l'intimité, les charmes attachants du foyer domestique. Elle l'embrassa sur les deux joues, l'appela *grand pot-au-feu*, et descendit les escaliers quatre à quatre. Pierre-Marie s'enferma dans sa chambre et pleura jusqu'au soir.

— Voilà, pensait-il, ma punition qui commence.

Mais je ne prévoyais pas que j'aurais si tôt à souffrir !

Il prépara un petit discours sur l'ingratitude, qu'il comptait prononcer entre onze heures et minuit; mais l'auditoire ne rentra point, ou rentra lorsque Pierre-Marie dormait à poings fermés. Il y eut une scène le lendemain et les jours suivants, jusqu'au 8 janvier 1832; car la liaison de Pierre-Marie et de mademoiselle Henriette dura tout près de quatre ans.

On me permettra de passer rapidement sur cette période. Toutes les femmes qui ont eu le malheur de prendre une amourette au sérieux, se représenteront aisément les souffrances de Pierre-Marie. Il aimait avec une exagération féminine; mademoiselle Henriette se laissait aimer avec toute l'ai-

sance et le détachement d'un homme à bonnes for-
tunes. Pierre-Marie la querellait souvent, tantôt sur
les visites qu'elle avait reçues, tantôt sur les promenades qu'elle faisait sans lui; mais il finissait in-
variablement par demander pardon et reconnaître
tous les torts qu'il n'avait pas eus. Lorsqu'elle dai-
gnait l'emmener le dimanche à Meudon, ou simplement à Montmartre, il était le plus heureux des
hommes. Lorsqu'elle le laissait seul à la maison,
il tuait le temps à faire du droit, comme on fait
du crochet ou de la tapisserie. Il faut croire que
mademoiselle Henriette lui ménagea ainsi de
beaux loisirs; car il passa ses examens avec toutes
boules blanches et soutint une thèse remarquable,
en janvier 1831. La révolution de 1830 l'avait un
peu retardé dans ses études. Il se battit comme

un homme à la porte Saint-Martin, refusa la croix de Juillet et se fit inscrire un des premiers sur les rôles de la garde nationale.

Il prêta serment à la rentrée de 1831 et plaida bientôt sa première cause, qui fut en même temps sa dernière. Le président de la sixième chambre l'avait désigné d'office pour défendre un escroc assez intéressant. Il y avait foule à l'audience. Pierre-Marie possédait son affaire ; il en était nourri ; le feu de la conviction lui sortait par les yeux. Il débuta par un exorde simple et grandiose, discuta le point de fait avec une chaleur qui anima peu à peu les juges eux-mêmes. Mais au moment d'attaquer le point de droit, il fut pris d'un saignement de nez. Il lutta quelques instants et poursuivit sa plaidoirie, tandis que le sang coulait dans son mouchoir et sur son rabat. Le président eut la bonté de l'interrompre et de remettre l'affaire à quinzaine. Malheureusement, le client de Pierre-Marie tomba malade dans l'intervalle, et il s'ensuivit un nouvel ajournement de quinze jours. Pierre-Marie reparut à l'audience, et le sang jaillit avec ses premières paroles : le terme fatal était revenu ! Pour cette fois, le président. M. de Brisséguier, manqua de patience. Il attribua cet accident à quelque émotion pusillanime.

— Maître Guérin, dit-il au jeune stagiaire lorsqu'on est atteint d'une pareille infirmité, on se place dans un bureau ; on n'embrasse pas une carrière militante !

Pierre-Marie, interpellé si durement, répondit avec une résignation fière :

— Monsieur le président, je vous remercie de votre conseil, et j'en profiterai. Mais je vous assure que je n'ai pas saigné du nez à la barricade de la porte Saint-Martin.

Le mot fut imprimé dans *le National;* mais Pierre-Marie ne plaida plus. Il sollicita une place de quinze cents francs au ministère des finances, et, comme il avait de quoi vivre, il fut dispensé du surnumérariat.

La vie de bureau, en le tenant éloigné de mademoiselle Henriette, ne le rendit ni moins amoureux ni moins jaloux, au contraire. Il fut si inquiet et si larmoyant, que mademoiselle Henriette finit par le prendre en grippe. La bonne fille avait aimé Pierre-Marie; mais elle aimait avant tout sa liberté. Depuis tantôt deux ans, elle avait pris soin d'allonger sa chaîne, en louant une chambre au boulevard du Temple. Le 8 janvier 1832, après une scène de jalousie qui lui avait mis le cœur à l'envers, elle déménagea sans laisser son adresse, et Pierre-Marie ne la revit plus jamais.

Le pauvre garçon fut inconsolable comme une veuve; c'est dire qu'il lui fallut trois bons mois pour se consoler. Heureusement, ses chefs l'accablaient de besogne. Le bureau des ratures, où il était occupé, est un des services importants du ministère des finances. On sait que les six mille employés de l'administration centrale noircissent tous les ans sept cent cinquante mille kilogrammes de papier en écritures diverses. La direction de la rue du Mont-Thabor, où Pierre-Marie devait

faire son chemin, n'est occupée qu'à gratter et à
corriger les erreurs des expéditionnaires. On y
consomme annuellement quatre-vingt mille bou-
teilles de sandaraque arabique (résine du *thuya
articulata*). Les habitudes d'ordre que le jeune
Guérin avait contractées dès l'enfance et sa pro-
preté quasi féminine le rendaient éminemment
apte à ce genre de travail. Les rapports de ses chefs
constatèrent, au bout de deux ans, qu'il avait réalisé
de notables économies, aussi bien sur le temps que
sur les matières premières. Il obtint donc un avan-
cement rapide et fut porté à dix-sept cents francs
de traitement avec cent cinquante francs de gra-
tification. En 1836, il fut nommé rédacteur, et
chargé de refaire les quarts de phrase ou demi-
phrases qui avaient été grattés par les employés

sübalternes. L'instruction solide qu'il avait reçue
au collége et ses études de droit administratif lui
furent alors d'un grand secours. Mais personne
n'avait remplacé dans son cœur l'incomparable
Henriette. Lorsque ses collègues plaisantaient
autour de lui et racontaient leurs fredaines, il disait sentencieusement que la chasteté est la plus
belle couronne du bureaucrate. Ses collègues le
respectaient comme un homme qui a beaucoup
vécu et qui, tout jeune encore, est revenu des erreurs de la jeunesse. Il était âgé de vingt-huit
ans, et n'avait pas d'autre domicile que le logis
paternel.

Son père vendit le fonds de boulangerie et céda
le bail de la maison; car il était principal locataire.
Le bonhomme se sentait assez vieux et assez riche

pour prendre quelques années de repos. Il en prit
bientôt tout son soûl à l'ombre d'un saule pleu-
reur. Une maladie qui ne pardonne guère aux
hommes de travail, l'oisiveté, le mit en terre avant
la fin de l'année. Madame Guérin la mère se trouva
seule au monde avec le modèle des fils et douze
mille livres de revenu. C'était bien le moment de
chercher une femme à Pierre-Marie, car le pauvre
enfant était triste et se refusait les distractions les
plus innocentes. On lui trouva une demoiselle
Laurent, fille unique d'un épicier de Mantes et
passablement jolie, avec une dot de quarante
mille francs. Pierre-Marie était en droit de vi-
ser plus haut, d'autant qu'un homme en place
offre une grande sécurité aux parents. Mais la
famille Laurent était honorable et la jeune per-

sonne plaisait à madame Guérin. D'ailleurs, il
y avait des espérances. Pierre-Marie ne fit pas
plus de résistance qu'une demoiselle bien éle-
vée. Sa femme ne lui inspirait point de dégoût.
C'était une petite brune éveillée, un peu maigre,
avec un soupçon de moustache. Elle conduisit son
mari à l'autel. Les bons bourgeois de Mantes re-
marquèrent que le fils Guérin avait rougi jusqu'aux
oreilles en prononçant le *oui* fatal. Pendant les
cérémonies de l'Église, la mère du marié fit à
demi-voix cette réflexion, qu'on trouva saugre-
nue :

— Dire que, si mon fils avait été une fille et
si la Lenormant ne nous avait pas trompés,
c'est Pierre-Marie qui porterait la robe blanche
et la couronne de fleurs d'oranger! Enfin! le

bon Dieu ne l'a pas voulu. A chacun son lot, dans ce bas monde!

Un des témoins de la mariée était un Américain du nom de Wilson, établi dans le pays depuis quelques années, et locataire de M. Laurent. Il vivait seul avec une jeune personne admirablement belle, qu'il faisait passer pour sa nièce. Un nègre de quarante ans et une négresse beaucoup plus vieille composaient toute sa maison. Personne ne pouvait dire dans quel État de l'Amérique il avait commencé sa vie, ni pour quels motifs il s'était expatrié. Il exerçait la chirurgie sans diplôme : les médecins de la ville, après l'avoir menacé de poursuites judiciaires, s'étaient inclinés avec respect devant sa supériorité. Quelques-uns prétendaient que le génie de Dupuytren, mort en 1835, s'était réfugié dans le corps de ce singulier homme.

Il montrait autant de vigueur et de dextérité que d'invention et d'audace. Aussi venait-on de loin pour implorer sa terrible assistance. On le payait d'avance et assez cher, suivant la difficulté de l'opération. Il ne tenait aucun compte de la position sociale des malades, et refusait sèchement de guérir les pauvres. Mais, si quelque patient succombait aux suites de l'opération, il renvoyait l'argent à la famille. La ville de Mantes avait plus d'admiration pour son talent que de sympathie pour son caractère. D'ailleurs, sa moralité était trop suspecte pour qu'il pût se rendre populaire en province. On jasait dans tous les salons sur cette prétendue nièce, qu'il n'avait présentée à personne.

Si elle restait trois jours sans paraître dans la rue,
les dévotes disaient partout qu'elle avait de bonnes raisons pour se soustraire aux regards du
monde.

Le jeune Guérin, qui se souciait fort peu des
cancans de la ville, prit plaisir à causer avec
M. Wilson. Il lui raconta sa vie entière, depuis la
prédiction de mademoiselle Lenormant, et lui fit
part de certaines idées, absurdes, sans doute, et
dénuées de fondement, mais qui lui revenaient
de temps à autre.

M. Wilson commença par tourner la chose en
plaisanterie, puis il écouta les raisons de Guérin
avec une certaine déférence.

— Tout est possible, lui dit-il, même l'absurde.

Il lui montra son cachet, sur lequel il avait fait graver : *Tout arrive.*

— Mais, si vous étiez poursuivi de cette idée, pourquoi vous êtes-vous marié ?

— Parce que ma mère le désirait. Et, d'ailleurs, à la grâce de Dieu ! Je suis chrétien.

— A tout événement, comptez sur moi ; je serai toujours heureux de vous rendre service.

— Merci.

Les époux retournèrent à Paris et jouirent d'un bonheur tranquille et sans nuage depuis le 2 juillet 1837, jour de leur union, jusqu'au commencement de 1842.

La petite madame Guérin gouvernait son mari, prenait soin du ménage et tenait les cordons de

la bourse, sous la haute inspection de sa belle-
mère. Aucun signe précurseur n'annonça le drame
étrange et presque incroyable qui se préparait.

V

Le troisième lundi de janvier 1842, à dix heures du matin, M. Guérin était devant son bureau et nouait ses manches de lustrine noire, lorsqu'un de ses collègues qui le voyait de profil, lui dit:

— Méfiez-vous, Guérin! Le mariage vous engraisse. Vous prenez du ventre, mon bon!

Le digne employé haussa les épaules, rougit imperceptiblement, et se mit à tailler des plumes jusqu'à midi.

Quelques jours après, le même voisin répéta son observation et prit à témoin toutes les personnes présentes. On fit cercle autour de Guérin et l'on dépensa un bon quart d'heure à l'examiner sur toutes ses faces. C'est ce qu'on appelle gagner du temps, en style du bureau. Le sentiment unanime fut que M. Guérin, sans être positivement obèse, tendait à s'arrondir. Il ne se fâcha point de la plaisanterie, car il était d'humeur enjouée, comme tous les hommes en paix avec leur conscience. Toutefois, il devint soucieux ; sur le soir, il relâcha machinalement la boucle de son gilet.

Un de MM. les directeurs généraux le rencontra

dans un couloir étroit, à l'heure de la sortie. Guérin s'effaça tant qu'il put, cependant il fut ef-
fleuré.

— Mon cher monsieur Guérin, dit le haut fonctionnaire en souriant avec bonté, je ne sais pas si
nous avons bien fait de vous porter pour une
augmentation. Il me semble que vous augmentez
assez de vous-même.

Guérin se confondit en remercîments et en
excuses. Il supposait, dans son for intérieur, que
ses chefs et ses collègues s'étaient donné le mot
pour l'effrayer un peu.

— Dans tous les cas, monsieur, dit-il au direc-
teur, on ne dira point que c'est la bonne chère qui
m'épaissit, car les aliments que je prends ne me
profitent guère. J'ai des nausées terribles après

chaque repas, et, hier encore, mon dîner n'a fait
que paraître et disparaître.

— En vérité? reprit le chef d'un ton d'indiffé-
rence polie. Alors soignez-vous. La vie sédentaire
a des effets surprenants. Savez-vous qu'on engraisse
dans les cachots, monsieur Guérin! Il y a un travail curieux à faire là-dessus. J'en ai jeté les bases
il y a quelques années; mais il faudrait avoir le
temps. Que voulez-vous! on est sur la brèche.
Bonsoir, monsieur Guérin. Je vous salue sincère-
ment...

Le même soir, avant de se mettre à table,
Guérin enleva l'abat-jour de la lampe et dit à sa
mère et à sa femme :

— Regardez moi bien, vous qui n'êtes pas du
ministère. Est-ce que vous me trouvez engraissé?

Sa femme dit non ; sa mère dit oui. Madame Guérin la jeune prétendit qu'il avait toujours eu la taille un peu carrée.

— C'est possible, répliqua la vieille madame Guérin ; mais, pour le quart d'heure, elle s'arrondit. Hélas ! mon pauvre enfant ! rond ou carré, tu ne seras jamais qu'un homme. Ce n'est pas ce que cette menteuse de Lenormant nous avait promis !

Guérin sourit sans répondre.

Il mangea de grand appétit et fut malade pour son dessert. Sa femme lui fit du thé et le soigna avec sollicitude. La mère haussait les épaules et disait :

— Voilà des accidents qui me rendraient joliment heureuse si tu étais seulement une fille !

mais il est écrit que notre famille s'éteindra avec nous!

— On ne sait pas, répondit Guérin.

Il écrivit une longue lettre à M. Wilson.

Il s'appliqua ensuite à rassurer sa petite femme.

— Je crois, lui dit-il, qu'avant cinq ou six mois je recouvrerai la santé. Mais il se peut que les circonstances de ma guérison étonnent bien du monde.

En ce temps-là, il avait la figure longue et pâle, et les yeux battus. Il portait un gros collier de barbe roussâtre qui ne l'embellissait point. Quoiqu'il souffrît un peu, son humeur était toujours égale et son caractère aimable. Il recherchait la compagnie de sa femme et la rendait fort heureuse par les témoignages de sa tendresse.

Vers le quatrième mois de la maladie, il fit remarquer à sa femme que tous ses vêtements étaient
devenus trop étroits. On lui choisit une ceinture
élastique; mais il ne la porta pas longtemps, car
elle l'incommodait beaucoup. Il ne se trouvait bien
qu'en robe de chambre, et c'était pour lui un vrai
supplice que d'emprisonner sa taille dans un autre
habit. Cependant il s'habillait tous les matins pour
aller au ministère, et donnait aux employés les
mieux portants l'exemple d'une rare exactitude.
Mais il crut devoir écrire au colonel de sa légion
pour demander un congé.

Il prit un tel empire sur son mal, qu'il finit,
pour ainsi dire, par le vaincre. Ses digestions se
faisaient régulièrement, quoique son appétit eût
doublé. Mais il commença à sentir de temps à

autre certains mouvements intérieurs qui faisaient
tressaillir tout son corps et qui surprenaient au
dernier point ses collègues et sa femme, sans trop
l'étonner lui-même.

Depuis longtemps, sa mère le poussait à voir un
médecin ; mais il s'en était toujours défendu, par
une sorte de pudeur ou de timidité. Il fallut pourtant en venir là vers le milieu de juin. L'embon-
point ou l'enflure avait gagné beaucoup de terrain.
Les jambes devenaient épaisses et les pieds se gon-
flaient de jour en jour. La figure même était plus
forte, et les joues marbrées de grandes taches
rouges. On fit venir un homme de science, qui
confessa de bonne foi que son diagnostic était en
défaut, et provoqua une consultation. Cinq illustres docteurs se réunirent chez le malade, avant

l'heure du bureau ; mais ils ne s'accordèrent ni
sur la cause du mal ni sur le traitement à suivre.
Deux chirurgiens rapportaient tous les symptômes
à l'existence d'un squirre énorme, qui devait être
mou suivant l'un, et cartilagineux suivant l'autre.
Deux médecins expliquaient tout par une hydro-
pisie ; mais le premier voulait qu'elle eût sa cause
dans un anévrisme, et le second dans une affec-
tion du foie. Le cinquième niait absolument la
gravité du cas. Il ne voyait dans tout cela qu'une
sorte de météorisme causé par l'accumulation des
gaz.

— Je sais bien, disait-il, que la météorisation
n'a encore été observée que chez les ruminants;
mais le malade est employé au ministère des
finances, et l'on peut dire jusqu'à un certain

point que les hommes de bureau sont les ruminants de l'espèce humaine.

Après une longue discussion, le plus âgé des consultants déclara à la famille que le changement d'air et les distractions du voyage ne pourraient faire aucun mal à M. Guérin.

Mais le malade répondit qu'il resterait fidèle à son ministère, en dépit de la Faculté. Tout bien considéré, son état lui paraissait plus étrange que dangereux. S'il était incommodé de temps à autre, il ne souffrait pas positivement. D'ailleurs, il rêvait une solution prochaine, sur laquelle il ne voulut jamais s'expliquer.

— Nous irons à Mantes, disait-il. M. Wilson sait ce qu'il me faut.

Un accident tout à fait imprévu le contraignit à

précipiter son voyage. Le 26 juin, à midi et demi, son chef de bureau l'avait envoyé, pour affaire de service, chez M. le secrétaire général. Ce haut fonctionnaire, absorbé par un mouvement dans le personnel, ployait littéralement sous la besogne. Ses instants étaient d'un tel prix, qu'il déjeunait souvent dans son cabinet, sur un guéridon de laque, au lieu de descendre au restaurant de la rue Mondovi. Il fit à M. Guérin un signe rapide pour indiquer qu'il allait être à lui, et il continua de signer de la main droite, tout en mangeant des pommes de terre frites de la main gauche. Le malheur voulut que M. Guérin, dans cette minute d'attente et de désœuvrement, laissât tomber les yeux sur le petit guéridon de laque. Il vit un compotier rempli de fraises des bois, qui s'entassaient en py-

ramide sur une feuille de vigne et réjouissaient le
regard en caressant l'odorat. Qui pourrait expliquer ces faiblesses de la nature? Guérin avait
toujours été le plus honnête homme du monde,
au double point de vue de la morale et de la civi-
lité. De plus, il n'avait jamais eu de goût pour les
fraises; et pourtant le compotier du secrétaire général l'attirait, le fascinait, lui donnait le vertige.
Ce n'était plus un compotier, c'était un abîme!...
L'infortuné rédacteur du bureau des ratures sentit
un flot impétueux, le sang du désir et de la pas-
sion, monter à gros bouillons jusqu'à ses joues
enflammées; sa bouche s'humecta, ses yeux se
troublèrent. Ivre de soif et de gourmandise, il
guetta le moment où le haut fonctionnaire avait
la tête tournée, plongea avidement sa main droite

dans le compotier, saisit une poignée de fraises et
l'enfourna dans sa grande bouche béante.

Le conseiller d'État en service extraordinaire,
secrétaire général du ministère des finances, etc.,
etc., était un jeune homme de trente-deux ans,
neveu du ministre. Comme il avait aperçu vague-
ment le geste de M. Guérin, il releva la tête et
partit d'un grand éclat de rire. La grimace de
l'employé, pris en flagrant délit et barbouillé du
fruit de ses rapines, était d'un comique achevé;
mais ce fut bien pis lorsque le gros homme tomba
à genoux et s'écria, en joignant les mains sur son
ventre :

— Grâce, monsieur le secrétaire général! je ne
les aime pas! je n'ai jamais pu les souffrir! c'est
la fatalité qui m'a poussé le bras!

— Relevez-vous, monsieur Guérin, lui dit le jeune homme en essayant de reprendre son sérieux. J'avais déjà cru remarquer que vous engraissiez à vue d'œil ; mais on ne m'avait pas dit que vous eussiez des *envies*. Allons, allons ! il faut faire vos couches et me choisir pour parrain ! Un congé de trois mois sera-t-il suffisant ?

Le pauvre homme se confondait en protestations de toute sorte ; il montrait le poing au fatal compotier, et suppliait le maître des fraises d'oublier une minute de folie.

— Quand on vous dit qu'on vous pardonne ! reprit le secrétaire général. Votre congé courra dès demain, sans retenue. Pensez-vous, de bonne foi, que dix ans de loyaux services ont fait naufrage dans un compotier?... Maintenant, quels

papiers m'apportez-vous là? Je vois ce que c'est;
vous pouvez tout laisser sur mon bureau... Bon
voyage, mon cher monsieur Guérin, et faites-nous
savoir le plus tôt possible que le père et l'enfant
se portent bien!

— Qui sait? répondit l'employé en faisant une
profonde révérence.

VI

M. Guérin ne voulait pas encore profiter du congé qu'il avait si singulièrement obtenu ; mais sa mère et sa femme, qui se partageaient l'empire de la maison, résolurent qu'il viendrait à Mantes pour se distraire et se guérir.

Mantes *la Jolie* est une ville saine autant

qu'agréable, et située en bon air. Les parents de
la jeune madame Guérin y continuaient leur commerce au coin de la rue des Chantres et de la
place Notre-Dame. Ils offrirent à leurs Parisiens
l'appartement du premier étage, qui ne servait à
rien depuis cinq ou six ans.

Ces honnêtes épiciers n'étaient pas experts dans
l'art de feindre. Ils poussèrent des cris d'orfraie
lorsque le conducteur de la diligence fit rouler
dans leurs bras le gendre qu'ils s'étaient choisi.

— Sac à papier! dit M. Laurent, voici un ton-
neau qu'il faudra cercler à neuf, si l'on ne veut
pas qu'il éclate. Mélie ne nous avait pas écrit que
le cas était si grave. Heureusement, nous avons ici
un habile homme qui guérit tous les maux!

Madame Laurent s'extasiait devant Mélie, qui

n'était pourtant ni plus belle, ni plus laide depuis son mariage.

— Elle a toujours sa jolie taille! disait la bonne dame. On lui ferait encore une ceinture avec un demi-mètre de ruban !

Il ne fut point parlé des petites moustaches, et cependant elles avaient grandi!

On soupa longuement et copieusement, selon l'usage de la province. Pierre-Marie, qui avait respiré l'air des champs, dévorait.

— Mon pauvre garçon, lui dit madame Laurent, je ne m'étonne plus de vous voir tourné en citrouille. Vous mangez trop, voilà tout le secret. Ce n'est pas, Dieu m'est témoin! que je vous reproche la nourriture. Mais nos quatre commis, qui sont des jeunes gens dans l'âge de la croissance, ne dévorent pas, entre eux tous, autant que vous.

M. Guérin sourit doucement et leva les yeux au plafond comme pour invoquer, lui aussi, quelque témoignage d'en haut.

— Laissez-moi faire, dit-il, et prévenez M. Wilson.

— Savoir s'il pourra venir demain ! Personne ne le voit plus depuis quelque temps. Il paraît que sa nièce est très-souffrante ; aussi les bonnes langues vont leur train !

M. Wilson ne se fit pas prier ; mais à peine si Guérin le reconnut, tant il paraissait froid et pâle dans sa haute cravate noire. Un nuage de tristesse, repandu sur son front, trahissait quelques soucis domestiques, ou peut-être une trop vive préoccupation des bruits de la ville.

— Qui êtes-vous? dit-il à Guérin. Qu'avez-vous? Que voulez-vous de moi? Je ne m'occupe plus de chirurgie; je pense à quitter ce pays.

Guérin lui rappela le souvenir de leur connaissance première, et certaine lettre datée de Paris, à laquelle il n'avait pas répondu.

— Parce qu'elle n'avait pas le sens commun, dit le docteur. °

— Pas le sens commun, monsieur! vous ne savez donc pas ce qui m'arrive? Regardez-moi, et écoutez!

L'employé, qui avait tenu tête à cinq docteurs de Paris et refusé de suivre leur ordonnance, se livra comme un petit garçon au sévère empirique

de Mantes. Non-seulement il lui raconta la marche de la maladie qui l'avait défiguré, mais il
reprit dès le commencement l'histoire de sa vie et
la série d'observations qu'il avait faites sur lui-
même. Il ne craignit pas de confirmer, en la mo-
tivant, cette secrète terreur mêlée d'une douce
espérance qu'il n'avait confiée ni à sa femme, ni à
sa mère.

M. Wilson commença par sourire en haussant
les épaules; puis il devint sérieux, comme si la
conviction qui animait Pierre-Marie eût ouvert
devant lui quelque nouvel horizon. Il se promena
quelque temps à grands pas sans mot dire, et bientôt, revenant à son malade, il l'accabla de questions
qui témoignaient du plus vif intérêt. Il voulut savoir de quelle famille M. Guérin était né, quelle

position il occupait dans le monde et s'il jouissait d'une fortune indépendante. L'honnête employé donna les détails les plus satisfaisants et peu à peu le front du chirurgien s'éclaircit, rayonna et s'illumina de joie.

— Je vous guérirai! dit-il à son malade en lui serrant les mains avec force. Bientôt, monsieur! et sans qu'il vous en coûte un sou! Oui, oui; pour l'amour de l'art. Ah! mon ami! celui que nous maudissons quelquefois sous le nom de Hasard est un proche parent de la Providence!

M. Guérin, ébloui par l'espoir d'une guérison prochaine, demanda si tous ses vœux seraient exaucés, s'il n'y aurait pas trop à souffrir; et mille *si*, dont M. Wilson abrégea violemment la liste.

— Taisez-vous, lui dit-il. Vous guérirez sûre-
ment. Que cela vous suffise pour aujourd'hui. Nous
avons cent choses à préparer, à éviter, à cacher.
Le monde est méchant en tout pays, mais surtout
à Mantes. Vous ne pouvez rester dans cette maison,
au cœur de la ville. J'en ai une autre en vue, sur
les bords de la Seine, à deux kilomètres d'ici.
Votre femme est-elle avec vous?

— Oui, et ma mère.

— Tant mieux. Vous êtes arrivés ensemble hier
soir ?

— A neuf heures.

— Bon! Et elle n'a vu personne dans la ville ?
Personne ne l'a vue?

— Non, que je sache, excepté ses parents.

— Empêchez-la de sortir jusqu'à ce soir. Ou

faites mieux : priez-la de venir à l'instant. Appelez
aussi madame votre mère. J'ai des ordres à leur
donner... je veux dire une ordonnance à leur
prescrire. Quant à vous, j'exige que vous gardiez
votre secret jusqu'au dernier jour !

Pierre-Marie fit appeler sa mère et sa femme.

— Mesdames, dit M. Wilson en reprenant son
visage sévère, j'opérerai M. Guérin et je m'engage
à le sauver. Peut-être même ferons-nous quelque
chose de plus pour votre famille. Mais le succès
dépend de vous autant et plus que de moi. Pro-
mettez-vous d'exécuter mes prescriptions à la lettre,
si étranges et si inexplicables qu'elles puissent vous
paraître ?

— Nous promettons tout, mon bon monsieur !
s'écria madame Guérin.

— Vous passerez cette journée ici, sans recevoir personne, que M. et madame Laurent. Ce soir, après souper, je viendrai vous prendre en voiture et je vous conduirai dans une maison de campagne que j'aurai louée pour vous.

— Est-ce que nous sommes pas bien ici? demanda la jeune femme.

— Non; le séjour de la ville ne vaut rien pour ce que nous avons à faire.

— Mais alors mes parents ont un bien de campagne à Limay. Nous y serions chez nous et il n'y aurait pas de location à payer.

M. Wilson fronça le sourcil.

— Avez-vous confiance en moi? dit-il. Obéissez-moi aveuglément. Sinon, je me retire.

On jura tout ce qu'il voulut. Il reprit, d'un ton moins sévère, mais toujours impérieux:

— La maison que je vous ai choisie est entourée d'un grand jardin. M. Guérin sera libre d'aller et de venir, et de prendre de l'exercice dans les limites que je tracerai moi-même. Quant à sa femme, elle gardera la chambre et demeurera étendue sur une chaise jusqu'au jour de l'opération.

— Moi ? s'écria la jeune dame.

— Vous. Je vous autoriserai à recevoir la visite de vos parents et de quelques amis, si vous me promettez de jouer le rôle d'une femme malade.

— Et à quoi bon, grand Dieu ?

— Tu le sauras plus tard, dit Guérin.

Le médecin poursuivit:

— Parce que je ne veux pas seulement sauver la vie de votre mari. Il faut encore dérober une famille honorable à la médisance et à la risée publique.

Les deux femmes ouvraient de grands yeux.

— Cela va-t-il durer longtemps? demanda la mère.

— Peut-être un mois, peut-être quelques jours de plus.

— Et si vous faisiez l'opération tout de suite?

M. Guérin haussa les épaules et répondit :

— Vous n'entendez rien à ces choses-là, toutes femmes que vous êtes. Si monsieur vous dit que je ne suis pas mûr, il a ses raisons. Je les devine, moi. Contentez-vous de les respecter.

— Encore un mot, mesdames, ajouta Wilson

Tous les domestiques du monde sont des espions.
Il faudrait que vous fussiez en état de vous servir
vous-mêmes.

— Quant à ça, dit la mère Guérin, ça me
regarde. J'ai fait mon ménage assez longtemps
et je ne crains pas la fatigue. On verra que,
pour une rentière, je cuisine encore assez propre-
ment.

— C'est moi, reprit Wilson, qui vous enverrai
vos provisions. Mon cocher, qui n'est pas un domestique, mais un esclave, vous les portera
chaque matin. Refaites vos malles aujourd'hui, ne
vous montrez pas même à la fenêtre et ne faites
de confidence à personne. Nous partirons à dix
heures du soir.

Il laissa Guérin radieux et les deux femmes

stupéfaites. M. et madame Laurent, poussés
par l'intérêt et la curiosité, ne tardèrent point
à paraître. Madame Guérin la jeune, malgré
les recommandations du docteur et les promesses
qu'elle avait faites, ne sut rien cacher à ses
parents. Elle pensait, suivant la formule consa-
crée, qu'une fille ne doit point avoir de secrets
pour sa mère. Madame Laurent poussa les hauts
cris : M. Wilson était un fou, un original, un
homme à lier. Forcer une femme à se mettre
au lit parce que son mari est malade! on n'avait
jamais rien vu de pareil! Guérin sourit finement,
et dit à ces dames :

— Vous n'entendez rien à la médecine transcen-
dante. Est-ce que la femme n'est pas la moitié du
mari ? Lorsque vous avez un moucheron dans l'œil

droit, ne le faites-vous pas sortir en frottant l'œil
gauche?

On ne sut rien répondre à ces raisons.

VII

Un mois après, M. Guérin, sa femme et sa mère
déjeunaient ensemble dans une jolie maison de
campagne. La vieille dame ne s'était pas vantée en
disant qu'elle cuisinait bien. Une excellente odeur
de foie de porc sauté à la poêle remplissait la salle
à manger et sortait par les fenêtres ouvertes. Tout

6

le monde mangeait de bon appétit, le malade surtout. La petite madame Guérin disait de temps en
temps que la position horizontale lui était devenue
odieuse et qu'il faudrait enfin procéder à l'opération. Mais Pierre-Marie, soutenu par une douce
confiance, attendait patiemment la volonté de
M. Wilson.

Le chirurgien entra sur le coup de midi. Sa
figure, ordinairement impassible, semblait animée
par quelque émotion violente.

— Mon cher ami, dit-il à Guérin, vous ne souf-
frirez plus longtemps. Le jour approche. C'est
peut-être pour demain. Dans tous les cas, cela ne
dépassera pas la semaine.

— A quels signes l'avez-vous deviné? demanda
la jeune dame.

— Toujours sceptique ! répondit-il. Eh bien,
c'est la figure de votre mari qui m'avertit de me
tenir prêt. Aujourd'hui, M. Guérin sera pris de
douleurs assez supportables. Demain, il souffrira
violemment. Peut-être même l'entendrez-vous
crier, quoique nous ayons mis sa chambre dans
une autre aile de la maison. Attendez-vous à me
voir entrer et sortir à toute heure du jour et de la
nuit. Je m'installerais ici à demeure, si mes autres
devoirs ne me rappelaient à la ville.

—Pauvre enfant ! dit la mère en serrant dans
ses bras la tête de Pierre-Marie.

— Il ne sentira pas l'opération, madame. Je l'en-
dormirai par un procédé nouveau qu'un de me.
confrères emploie depuis quelque temps à New-
York. Ce diamant que vous voyez à mon doigt a

la vertu de pétrifier les malades et de les plonger pour quelque temps dans une insensibilité parfaite.

Madame Guérin fit un signe de croix.

— Dieu me préserve de voir vos sorcelleries! dit-elle.

— Vous ne les verrez pas, j'y compte bien. J'ai besoin d'être seul dans la chambre de M. Guérin, et même dans le corps de logis qu'il habite. Mon nègre est dressé à me servir en toute chose, il m'aidera. Quant à vous, mesdames, vous ne trouverez pas mauvais que je vous enferme dans votre appartement.

Ces annonces n'étaient pas faites pour rassurer la famille. Le nègre annonça M. et madame Laurent. M. Wilson courut au-devant d'eux et les pria de retourner à Mantes jusqu'à ce qu'il les fît prévenir. Lorsqu'il vint raconter aux Guérin ce nouvel acte de despotisme, la jeune dame se fâcha tout de bon.

— Je trouve singulier, lui dit-elle, qu'on ne puisse guérir les gens sans prendre des précautions comme pour un crime.

Le chirurgien pâlit. Guérin lui demanda pardon pour sa femme et le remercia chaudement des mesures qu'il avait prises.

— Attends un peu, dit-il à Amélie; dans deux jours, tu seras à ses genoux !

Il se plaignit de douleurs sourdes après le départ de M. Wilson.

— Tout cela, lui dit sa femme, est l'effet de ton

imagination. On t'a prévenu que tu souffrirais, tu crois souffrir.

— Croire qu'on souffre, c'est souffrir! répondit Pierre-Marie.

Il se plaignit trois ou quatre fois jusqu'au soir, à des intervalles assez éloignés. La nuit fut assez calme; la journée du lendemain fut terrible. Les douleurs aiguës, lancinantes, se succédaient rapidement. Le pauvre Guérin, seul dans sa chambre avec le nègre, sentait ses os se rompre et son corps se disloquer. Le médecin lui fit trois visites avant la nuit. Il arrivait au grand trot, dans un cabriolet qu'il conduisait lui-même. Son visage exprimait la fatigue et l'inquiétude. Il parlait constamment et disait des paroles sans suite. A peine arrivé, il songeait à repartir. Cet homme, si froid et si posé,

ne pouvait tenir en place. A huit heures du soir, il
dit :

— Je reviendrai bientôt ; c'est pour cette nuit.

Il fit entrer madame Guérin auprès du malade
et lui permit de l'embrasser. Quand la mère en-
tendit que le moment terrible était si proche,
elle supplia M. Wilson de remettre l'opération au
lendemain.

— La nature n'attend pas, dit Pierre-Marie.

M. Wilson ajouta qu'une heure de retard pouvait mettre en danger la vie de deux personnes.

A ce mot, la jeune femme pensa devenir folle.
Elle ne comprenait pas comment sa vie aussi pouvait être en danger.

— Eh ! ce n'est pas de toi qu'il s'agit ! cria
Guérin.

Le nègre dressa un lit de sangle couvert d'une toile cirée. M. Wilson exhorta son malade à la patience, reconduisit les femmes chez elles, les enferma à double tour, courut à sa voiture et partit comme un trait.

Il revint à dix heures, accompagné de sa vieille négresse, qu'il laissa dans une salle basse. Le nègre avait fait du feu dans cette chambre, quoiqu'on fût au mois de juillet.

Pierre-Marie, languissamment étendu au fond d'un vieux fauteuil, se leva en pied et pâlit.

— Je suis prêt, dit-il au docteur, et je crois que je serai brave. Il y a des grâces d'état. Si pourtant je devais courir quelque danger, je vous prierais de me le dire, maintenant que les femmes ne sont plus là. Je n'en ferais pas moins ce qui me reste à faire ; mais j'écrirais d'abord deux lignes de testament.

Il s'exprimait avec la fermeté douce d'un martyr. M. Wilson lui répondit :

— J'ai promis de vous sauver, je vous sauverai. Je vous ai dit que vous ne souffririez point, je vous le répète. Maintenant, hâtons-nous. Ne vous couchez pas encore, c'est inutile. Remettez-vous plutôt dans le fauteuil, et fixez vos yeux sur ce diamant.

Il avait repris le ton ferme et résolu. Sa voix vibrait ; ses yeux, ternes et voilés depuis deux jours, lançaient des éclairs.

— Qu'avez-vous ? lui dit Guérin. Vous semblez tout radieux !

— C'est que je suis sûr du succès.

Pierre-Marie regarda le diamant ; ses prunelles convergèrent peu à peu vers la commissure interne des yeux. Un sommeil magnétique s'empara bientôt de tout son corps. La peur combattit un instant les effets de l'anesthésie. Quelques gestes instinctifs, quelques paroles entrecoupées indiquèrent la lutte de deux forces. Cependant M. Wilson, penché sur le patient, put recueillir cette phrase au bord de ses lèvres :

— J'entends... déjà... les cris de l'enfant.

VIII

Lorsqu'il revint au sentiment de la vie, il était couché dans un grand lit bien chaud. Sa femme lui présentait en pleurant une tasse de tisane d'orge. Sa mère étendait une double couverture sur ses pieds ; M. Wilson , assis dans un fauteuil, lavait à l'eau tiède un enfant nouveau-né.

— Est-ce un garçon? demanda Pierre-Marie
d'une voix dolente.

— Chut! fit le chirurgien.

Mais madame Guérin la mère avait déjà crié,
dans l'excès de sa joie :

— Oui, ma fille... c'est-à-dire, oui, mon fils, c'est
un garçon! un gros garçon bien constitué! tout
ton portrait, quand tu avais son âge! Ah! mademoiselle Lenormant, nous avons été bien in-
justes envers vous!

Le lit de sangle avait disparu ; la négresse ne
s'était pas montrée. M. Wilson emmaillotta l'enfant
lui-même dans tous les mouchoirs de batiste et
toutes les vieilles serviettes qu'on avait pu se procurer. La grand'mère se désolait de n'avoir pas été
avertie en temps utile. Un nouveau-né sans layette

Cela ne s'était jamais vu. Les brassières, les couches, tout manquait à la fois. Les petits bonnets surtout, pour cette jeune tête palpitante! Madame Guérin en bâtit trois comme elle put, en deux coups de ciseaux et quatre points d'aiguille, et elle abrita le front de son petit-fils sous cette triple armure.

Il est à croire que l'enfant avait le caractère bien fait, car il souffrit tout sans se plaindre. Mais la vieille madame Guérin, tout en préparant une boisson d'eau miellée, ne pouvait s'empêcher de gourmander son fils. Que n'avait-il parlé plus tôt, lui qui s'attendait à ce grand miracle? On se serait pourvu d'une nourrice; car enfin il n'avait pas la prétention d'élever son enfant lui-même! L'eau miellée et la manne, c'était bon pour la première

7.

nuit; mais un garçon n'allait pas bien loin avec cette boisson rafraîchissante!

M. Guérin laissait parler sa mère. Bien couché, bien pansé, il éprouvait un sentiment de bien-être ineffable. Sans se rendre un compte bien exact de la révolution qui s'était faite en lui, il se sentait allégé d'un grand poids. De temps à autre, une douleur intense lui rappelait qu'il avait été ouvert et recousu comme un sac; mais la sensation de la délivrance dominait tout.

Le sentiment paternel, ou maternel, commençait aussi à lui procurer de bien douces jouissances. Chaque vagissement du petit garçon éveillait dans son cœur un joyeux écho. Il voulut voir son fils, il le prit dans ses bras et le baisa tendrement à plusieurs reprises.

— Le voilà donc! disait-il à demi-voix. C'est bien lui; je le reconnais: je l'avais déjà aperçu dans mes rêves. Ce n'est pas à moi qu'il ressemble, Amélie, mais bien à toi!

La vérité est que le petit Guérin, comme tous les jeunes gens du même âge, ressemblait moins à ses parents qu'à une écrevisse cuite.

M. Wilson, après avoir donné ses soins au père et à l'enfant, annonça qu'il allait retourner à Mantes.

— Tous mes devoirs ne sont pas remplis, dit-il en remettant sa redingote, et j'ai d'autres malades qui me réclament. Il faut aussi que je vous trouve une nourrice, et, selon toute apparence, je ne dormirai pas beaucoup cette nuit. Je vous confie M. Guérin et son fils: leur état est aussi satisfaisant que possible; de plus, je les laisse en bonnes mains!... Ah!... j'allais oublier une recommandation importante. La jeune madame Guérin doit comprendre maintenant pourquoi je l'ai condamnée au supplice de la chaise longue durant tout un mois. Elle sentira sans doute que son rôle n'est pas fini et qu'elle doit garder le lit une huitaine de jours. Vous ne vous ennuierez pas, madame, et vous serez libre de recevoir toutes vos visites. Je reviendrai demain matin pour organiser la petite mise en scène. Quant à votre mari, nous allons le séquestrer à son tour. J'annoncerai jeudi prochain qu'il est affligé d'un squirre et que je songe à l'opérer incessamment.

La jeune dame interrompit le chirurgien.

— Pardonnez-moi, monsieur, lui dit-elle,

mais je suis une personne toute simple, et l'on
ne m'a point appris à jouer la comédie. Je ne
comprends rien à vos malices ni au rôle que
vous me destinez. Sans compter qu'il se passe
ici des choses assez extraordinaires pour ébran-
ler une raison plus solide que la mienne!
Depuis quand a-t-on vu les hommes accoucher
eux-mêmes? Voici bien mon mari et voilà bien
un enfant; mais qui m'assure que cet enfant
est né de mon mari, contrairement à toutes les
lois de la nature? Je n'étais pas ici, ni ma belle-
mère non plus, à l'heure où le miracle s'est ac-
compli; et il faut que je vous croie sur parole quand
vous me dites que le monde est renversé dans
notre maison! Notez, s'il vous plaît, que je ne dé-
mens pas ce que je n'ai pas vu; je ne dis ni oui

ni non, mais je suis prête à tout supposer plutôt
qu'un miracle. Vous pardonnerez à une pauvre
femme effarouchée par les événements les plus
incroyables; mais enfin, avant de faire un si grand
acte de foi, je me demanderai si une demoiselle...
ou une dame... de Mantes... ou d'un autre pays...
ne s'est pas trouvée dans quelque grand embarras;
si, pour la tirer d'affaire,... quelqu'un n'a pas
cherché une famille à son enfant; et si l'on ne
nous a pas donné la préférence parce que nous
sommes des gens honnêtes et à notre aise?

Elle fondit en larmes en achevant ce discours.
Pierre-Marie, qui semblait assoupi sur l'oreiller,
mais qui avait tout entendu, éleva la voix pour la
reprendre et lui cria d'un ton larmoyant:

—Amélie, votre scepticisme me tue! Est-ce que

la malheureuse n'était pas prête à renier son enfant? Et vous ne craignez pas de calomnier notre meilleur ami ! Mais, si quelqu'un mentait ici, c'est moi qui serais le plus coupable. L'événement que vous niez, je l'ai prévu toute ma vie. Je le redoutais comme un châtiment de Dieu, dans les désordres de ma jeunesse. Je l'ai espéré comme une bénédiction du ciel depuis le jour de notre mariage... Ma mère, parlez-lui donc ! dites-lui...

— Certainement, je lui dirai tout, reprit la vieille dame. Ne te fatigue pas à parler, mon pauvre chérubin ! Oui, ma fille, ce qui arrive ne m'étonne qu'à moitié. Mademoiselle Lenormant, une femme supérieure, celle-là ! me l'a prédit quand vous n'é-tiez pas au monde. Et puis je connais mon fils. Ce n'est pas un homme comme les autres. C'est un

garçon... plutôt idéal qu'autre chose. Et pourquoi
donc n'aurait-il pas un enfant, quand des femmes
sans cœur et sans délicatesse en ont à la dou-
zaine?

— Et moi ! s'écria la jeune femme pleurant toujours, je ne méritais donc pas d'être mère? Est-ce
qu'on a quelque chose à me reprocher? N'ai-je pas
rempli tous mes devoirs en conscience, et quelquefois même avec plaisir? Et, d'ailleurs, le bon Dieu
n'aurait pas créé la femme si le monde avait pu
se peupler sans nous !

M. Wilson avait assisté à cette discussion sans
prendre la parole. Assis auprès d'une table, il se
tenait immobile sous la lumière de la lampe et
laissait voir deux grosses larmes suspendues au
bord de ses yeux. Il profita d'un instant de silence

pour répondre d'une voix douce et triste à la jeune madame Guérin :

— Pardonnez-moi, madame, si je n'ai pas réfuté d'avance toutes les objections dont vous semblez vouloir m'accabler. C'est que je ne prévoyais pas moi-même que ce double bonheur, la guérison d'un mari et la naissance d'un fils, ne vous inspirerait que des sentiments hostiles. A Dieu ne plaise que je prétende aucuns droits sur votre reconnaissance ! Et pourtant, M. Guérin peut vous dire que mes soins désintéressés méritaient au moins quelques égards. N'en parlons plus, et renfermons-nous dans la question d'embryogénie que vous croyez utile de soulever en ce moment. Le cas de M. Guérin n'est pas sans précédents, madame, dans les annales de la science. J'ai eu l'occasion de l'observer trois fois par moi-même, et plusieurs de mes collègues aujourd'hui vivants ont été aussi heureux que moi. Si l'on réunissait toutes les observations recueillies sur cette variété de grossesse extra-utérine, on en pourrait remplir un gros volume. On ne le fera jamais, par un motif de discrétion que vous blâmerez peut-être, mais que les familles approuvent généralement. Ce phénomène s'explique tantôt par quelque détail de la vie intime des époux, tantôt par la supériorité trop marquée de la femme sur le mari. Dans quelques circonstances, la cause déterminante échappe tout à fait à nos recherches. Quant à la cause première, vous la saisirez facilement. Suivant une théorie assez accréditée, l'enfant est formé, complet, vivant (d'une vie organique, bien entendu), chez son père. La mère, dans l'hypothèse dont je parle, n'a pas d'autre fonction que de nourrir et de développer cet embryon aux dépens de sa propre substance et de le conduire lentement à ce point de maturité où commence la vie animale. Vous tomberiez en admiration si je vous expliquais comment ce petit être, détaché de son père par une action spasmodique, prend racine dans le sol maternel. Il y végète durant neuf mois, comme une jeune plante dans un jardin, attirant à lui tous les sucs nutritifs qui peuvent avancer sa croissance. Tel est son appétit de vivre, qu'il s'attache aveuglément où le hasard le jette et qu'il grandit quelquefois bien loin de ce berceau intérieur que la nature lui avait préparé. Vous connaissez le nom de César et les merveilles qu'il a faites dans le monde. Eh bien.

madame, la période la plus curieuse de sa vie est
peut-être celle qui commence à la conception et se
termine à l'opération césarienne ! Si César et bien
d'autres ont pu se développer en dehors de toutes
les lois qui président à la gestation, trouverez-
vous plus étonnant que, sous l'action directe d'une
femme, et d'une femme supérieure, un germe
avide de grandir et de parvenir à la vie cherch
et trouve les éléments de sa croissance dans le
corps de son père ? Ce phénomène est rare, fort
heureusement, car il ne se produit jamais sans
désordres terribles. L'opération que j'ai eu le bonheur de terminer cette nuit est une des plus diffi-
ciles de la chirurgie. Dupuytren, notre maître à
tous, l'a essayée une seule fois, sur la personne
d'un sous-préfet de Saverne, et il n'a sauvé ni

le père ni l'enfant. Maintenant, madame, si vous
regrettez que j'aie si bien réussi et s'il vous ré-
pugne de partager votre bien-être avec cette pauvre
petite créature, donnez-moi le fils de M. Guérin.
Je suis célibataire et je ne me marierai jamais. Je
vous promets d'élever votre enfant comme s'il était
le mien, et, d'ailleurs, on peut dire en quelque
sorte qu'il me doit le jour.

— Donner mon fils ! cria Guérin en s'agitant
sur son lit, donner mon fils ! livrer à des mains
étrangères celui que j'ai porté si près de mon
cœur ! Ah ! monsieur Wilson ! une juste colère
vous égare, et vous blasphémez le nom sacré de la
famille ! Je donnerais plutôt ma femme !

Madame Guérin la jeune se remit à pleurer de
plus belle. Cependant, le discours du docteur avait

endormi sa défiance. Un mot surtout s'était insinué jusqu'au plus profond de son cœur ! c'est le mot qui expliquait le miracle par la supériorité de la femme.

Le médecin lui porta un nouveau coup lorsqu'il cita l'histoire de ce roi de Crète qui avait épousé la femme la plus belle et la plus altière de son temps. La tradition du peuple grec, conservée dans les chefs-d'œuvre de la poésie, assure que ce prince enfanta lui-même un fils, puis une fille, à des intervalles assez rapprochés. Le fait ne fut pas jugé impossible, mais simplement merveilleux : or, on peut dire que la sagacité des Grecs n'était pas inférieure à la nôtre. Si toutefois la famille Guérin jugeait bon de soumettre le cas présent au contrôle de la Science et même de la Justice.

M. Wilson ne craignait pas d'aller au-devant de l'examen.

— Y songez-vous? dit la vieille dame. D'abord, je suis persuadée, moi ; Pierre-Marie n'a jamais douté, et ma bru, qui se tait, ne doute plus guère. Mais raconter nos secrets à tout le monde? Les gens nous montreraient au doigt comme des curiosités de la foire, et ça serait du joli !

— Le fait est, répondit Wilson, que le ridicule n'était pas encore inventé au temps dont je vous parle. Le roi de Crète en question fut mis au rang des dieux avec sa femme, son fils et sa fille. Il s'appelait Jupiter, sa femme Junon, ses enfants. Bacchus et Minerve. En 1842, on les mettrait tout simplement au rang des phénomènes.

— Phénomènes vivants ! prix d'entrée: deux

sous ! cria la grand'mère en éclatant de rire. Nous
n'en sommes pas réduits là, ma bru ; les Guérin
ont de quoi vivre, Dieu merci ! Et nous n'avions
pas besoin des mauvais quarante mille francs que
vous nous avez apportés pour mettre du pain sur
la planche !

M. Wilson comprit que la discussion allait chan-
ger de terrain, et, comme il avait hâte de partir, il
prescrivit à la jeune femme ce qui lui restait à
faire : passer la nuit entre M. Guérin et l'enfant,
se mettre au lit dès le matin et dormir toute la
journée.

— Mais, dit-elle, mes parents vont accourir demain matin. Comment leur persuader que je suis
accouchée quand je ne leur ai jamais parlé de
grossesse ? Si j'étais une femme ronde, comme j'en

connais, passe encore ; mais vous voyez la taille
que j'ai! Et puis maman voudra me soigner elle-
même, c'est plus que certain. Maman n'est pas
non plus une femme ordinaire ; on ne la trompe
pas facilement. Et la fièvre de lait qui ne viendra
pas! Et mille autres choses!

— Ne vous tourmentez pas tant répondit le
médecin, J'irai moi-même annoncer votre délivrance à madame votre mère. Je lui dirai que
vous avez eu l'héroïsme de cacher cette grossesse
jusqu'au dernier moment, pour avoir le droit de
soigner votre mari. Les trente-deux jours que
vous avez passés sur une chaise longue ont préparé tous les esprits à quelque événement
Personne ne vous a vue ici dans une robe à
taille...

— Excepté ma mère, le jour de notre ar
rivée.

— Si votre mère fait des observations, vous lui
donnerez son petit-fils à embrasser, et cela lui fer-
mera la bouche. Qu'est-ce qui vous préoccupe encore ? La fièvre de lait ? Nous avons quarante heures
devant nous, et, d'ici là, j'arrangerai les choses.
Vos amies viendront vous soigner ? Madame Laurent apportera un bonnet de nuit ? Il faut que
notre bonne madame Guérin fasse la jalouse,
qu'elle réclame impérieusement le droit de rester
seule auprès de vous. C'est un rôle fatigant, j'en
conviens ; mais...

— Allez, marchez ! dit l'excellente femme, je
prendrai le balai, s'il le faut, pour les mettre dehors. Je ne veux pas que les fainéants de Mantes

s'égayent à nos dépens. Pierre-Marie a été mis une fois dans les journaux, du temps qu'il faisait l'avocat. C'est bien, c'est flatteur, c'est honorable, mais c'est assez de célébrité comme ça. Nous n'en voulons plus !

IX

Extrait des registres de l'état civil de la commune de Mantes :

« L'an 1842, le 31 du mois de juillet, à une heure de relevée, par-devant nous Joseph-Napoléon Blanchard, adjoint au maire, officier de l'état civil de la commune de Mantes, a comparu le sieur Wilson (Henri), âgé de quarante-deux ans, sans profession, domicilié rue Saint-Maclou, numéro **8**, lequel, en vertu de la procuration spéciale et authentique du sieur Guérin (Pierre-Marie), rédacteur au ministère des finances, domicilié à Paris, rue des Moulins, numéro 52, passée à Mantes par-devant maître Danjou, notaire en cette ville, le 30 courant, et annexée au présent registre, nous a déclaré que, le 29 du présent mois, à dix heures trente minutes de relevée, il est né dans la commune de Mantes, au lieu dit la Coudraye, dans la maison appelée Beauséjour, un enfant du sexe masculin qu'il nous a présenté et auquel il a déclaré donner les prénoms de Henri-César-Pierre, lequel enfant, Pierre-Marie Guérin a eu de Catherine-Amélie Laurent, son épouse. Lesdites déclaration et présentation ont été faites en présence des sieurs Laurent (Charles-Maclou), âgé de soixante et un ans, épicier, rue des Chantres, numéro 1, et Froideveau (Jean-Louis-Nicolas), âgé de soixante-sept ans, lieutenant de gendarmerie en retraite, rue de la Perche, numéro 20. Et ont lesdits sieurs Wilson et témoins signé avec nous le présent acte de naissance, après qu'il leur en a été donné lecture.

» J.-N. BLANCHARD.

» H. WILSON.

» LAURENT.

» Louis FROIDEVEAU. »

L'enfant **avait été** apporté par sa nourrice dans la calèche **du chirurgien**. Quand l'acte fut dressé,

M. Wilson dit au vieil épicier de la rue des Chantres :

— Voilà votre petit-fils en règle avec la loi.
Savez-vous que j'ai bien fait de demander la procuration de M. Guérin? Le pauvre homme ne pensait guère à déclarer son enfant. Si je n'avais pas
eu plus de mémoire que lui, je risquais six mois
d'emprisonnement et trois cents francs d'amende !
Où voulez-vous que je vous mette ?

— Je croyais, dit M. Laurent, que nous retour-
nions à Beauséjour. Mélie doit trouver le temps
long après le petit. Nous prendrions ma femme en
passant, si je ne craignais pas d'abuser de votre
complaisance.

On alla chercher madame Laurent, qui tint de
longs discours à son petit-fils.

— Hé! mon bon gros! lui disait-elle, te voilà citoyen français. Il ne te manque plus que d'être chrétien. Faut pas rire, monsieur! le baptême est un sacrement. J'espère que vous ne crierez pas comme votre païenne de mère. Le chantre avait oublié de chauffer l'eau, et Mélie nous a fait un bruit! Enfin!... Tout ça est bien loin de nous, et il me semble que c'est du mois passé. On s'endort demoiselle, et pas trop laide, pas vrai, Maclou? et l'on s'éveille grand'mère. Il rit encore, le petit vaurien! Faut pas se moquer de ses vieux parents, ça porte malheur. Embrasse-moi, va! Dire que, dans six semaines, il tiendra sa tête, ce beau garçon-là! En attendant, je suis toute mouillée. Changez-le *nounou;* il n'est que temps.

8

Tandis que la nourrice tournait le dos à la compagnie, M. Wilson dit aux Laurent :

— Il y a quatre places dans la calèche et une pour moi auprès du cocher. Si vous permettez que nous passions devant la tour Saint-Maclou, j'emmènerai ma nièce pour la présenter à madame Guérin. Elle est arrivée cette nuit d'un voyage au midi de la France.

— C'est donc ça qu'on ne la voyait pas! s'écria naïvement madame Laurent. Ah! mon cher monsieur Wilson, le monde est bête et méchant! Tout comme les dindons, quoi!

On se mit gaiement en chemin et la voiture s'arrêta bientôt devant une maison de modeste apparence qui tournait le dos à la rue pour regarder un jardin magnifique. M. Wilson descendit seul, mit une petite clé dans la serrure, et reparut au bout d'un instant avec une jeune femme aussi belle, aussi blanche et aussi délicate que la plus admirable perle de Ceylan. Il la prit dans ses bras et la déposa au fond de la voiture, à la gauche de madame Laurent, et en face de la nourrice qui portait le baby. En la présentant à l'épicière et à son mari, il avertit ces bonnes gens que mistress Burdett comprenait le français, mais le parlait fort peu.

Le cocher noir partit au petit trot et prit le chemin des écoliers, comme s'il tenait à honneur de faire admirer sa maîtresse dans tous les quartiers de la ville. Cependant madame Laurent avait pris possession de la belle étrangère et parlait, parlait, parlait. Elle lui demandait si elle avait fait bon voyage, et si le Midi était aussi frais que les bords de la Seine, et comment on pouvait ignorer la langue française lorsqu'on avait appris l'anglais, qui est bien plus difficile à prononcer? Elle lui demanda aussi si elle ne s'ennuyait point toute seule, quoique, après tout, elle ne perdît pas grand'chose a vivre hors de la société de Mantes.

— Le monde y est bête et méchant, tout comme chez les dindons...

Après avoir placé cette deuxième édition d'un mot qui lui semblait pittoresque, la bonne dame raconta ses propres affaires, le mariage de sa fille avec M. Guérin, le chagrin qu'elle avait eu de les voir sans enfants et la naissance inespérée de ce petit-fils qui la comblait de joie. Madame Burdett écoutait patiemment ce bavardage intarissable et

caressait de ses belles mains pâles les joues rouges de l'enfant.

— Ce que vous ne croirez jamais, reprenait
madame Laurent, c'est qu'à son arrivée ici notre
Mélie était mince, mais mince comme vous! Ce
n'est pas peu dire assurément; car, lorsqu'on par-
lera d'une femme bien faite, vous aurez le droit
de lever la main. Mélie n'est pas dans votre genre;
elle a plutôt la taille plate, mais ça n'est pas sans
charme. Si l'on m'avait dit, le mois dernier, ce qui
nous pendait à l'oreille, c'est moi qui aurais cru
qu'on me donnait des vessies pour des lanternes.
Enfin, ce monsieur est là ; il s'agit de lui faire son
petit magot. N'ayez pas peur, il aura de quoi vivre.
Le père est bien de chez lui, la mère aura quelque
chose après nous. Nous voulions nous retirer

l'année prochaine; mais, puisque le voici, nous allongerons la ficelle de quatre ou cinq ans. Vous aurez vingt-cinq mille francs de rente, mon brave homme! Mais mouchez-le, nourrice: il verra clair un jour plus tôt. Madame connaît-elle madame Guérin la mère? C'est une personne capable. Un peu commune si vous voulez, mais courageuse comme on ne l'est pas. Malheureusement, elle n'a pas encore passé son retour d'âge. Cela pourra bien lui jouer une mauvaise farce. Quant à moi, j'en suis quitte, grâce à Dieu. Quand on voudra me mettre en terre, il faudra que l'on commence par me tuer.

Madame Burdett souriait avec complaisance et couvait des yeux le petit Guérin. On arriva bientôt à Beauséjour. L'accouchée fit fête à son fils á sa mère, à son médecin et surtout à la jeune dame. Elle serra les mains de madame Burdett avec une expansion vraiment singulière, et la remercia d'un ton aussi humble et aussi repentant que si elle avait eu quelque péché secret à se faire pardonner.

Cette visite se prolongea beaucoup plus longtemps qu'une visite de cérémonie. On aurait dit que toutes les personnes rassemblées dans la chambre de madame Guérin ne faisaient qu'une famille. Madame Laurent s'enquit avec un vif intérêt de la santé de son pauvre gendre. M. Wilson, qui s'était esquivé un instant pour visiter le malade, annonça positivement qu'il serait sur pied avant quinze jours.

La prophétie se vérifia dans le délai fixé, et la

ville de Mantes ne tarda guère à voir madame et
M. Guérin, l'une délivrée, l'autre guéri, se pro-
mener côte à côte dans la meilleure voiture du
médecin. La nourrice et l'enfant ne les quittaient
guère, et la belle madame Burdett sortait presque
toujours avec eux. On vit même plus d'une fois
M. Wilson, tout guilleret et rajeuni d'au moins
dix ans, caracoler à la portière sur un joli cheval
bai brun qu'on lui avait amené de Paris. Le peuple
de Mantes disait que M. et madame Guérin avaient
apprivoisé un sauvage, et non-seulement la réputation du grand opérateur s'étendit à la ronde,
mais on commença à mieux parler de madame
Burdett.

Depuis la naissance de l'enfant jusqu'à l'expi-
ration du congé, une douce intimité lia M. Wilson

et M. Guérin, qui s'appelaient familièrement « mon cher Guérin, mon cher Wilson... » L'employé eut le temps d'apprécier la haute intelligence et la profonde instruction de son sauveur ; le chirurgien rendit justice aux qualités modestes de son ami. La tendresse était moins vive chez les femmes, qui pouvaient difficilement causer ensemble ; cependant, elles échangeaient force poignées de main.

Un soir que M. Wilson dînait à Beauséjour avec sa nièce et madame Laurent, il se tourna vers l'employé et lui dit à brûle-pourpoint :

— Nous allons nous séparer à la fin de la semaine ; je ne vais guère à Paris, et vous ne viendrez pas souvent à Mantes ; ni mes occupations, ni les vôtres ne nous permettront d'entretenir une

correspondance suivie; je voudrais pourtant qu'il
y eût un lien durable entre nous.

— Pour le moins, dit Pierre-Marie, il y aura
une reconnaissance éternelle.

— Et une vive sympathie de notre côté, ajouta
M. Wilson. Mais ne pourrions-nous pas ajouter
autre chose ? Ma nièce et moi, nous sommes catho-
liques; elle est née à Baltimore, et moi à la Nou-
velle-Orléans. Si vous n'avez pas d'autres parrains
en vue, nous serons heureux de tenir votre fils sur
les fonts de baptême. Et, qui sait ? ni madame ni
moi nous n'avons d'héritier.

— Croyez bien, dit Pierre-Marie, que ce n'est
pas une considération de cette nature qui pourrait
nous décider; l'amitié suffit. D'ailleurs, sans me

méler de ce qui ne me regarde pas, vous êtes jeunes l'un et l'autre.

— Il n'y a pas de jeunesse qui tienne. Il faudrait des circonstances tout à fait imprévues pour me faire rompre avec le célibat. Quant à ma nièce, elle est mariée, pour son malheur, à un homme qui vivra jusqu'à cent ans, si la corde n'abrége ses jours. Ainsi...

— Malheureusement, répondit Guérin, je suis presque engagé avec M. le secrétaire général, qui est le propre neveu du ministre.

— Et comment auriez-vous pu vous engager? s'écria madame Laurent. Mélie ne vous avait pas dit qu'elle fût grosse!

Guérin balbutia je ne sais quelle raison. Il n'a-

vait pas fait une promesse formelle, c'était plutôt
une plaisanterie en l'air qu'un véritable engage-
ment; mais le secrétaire général, qui lui voulait
du bien, lui avait dit plus d'une fois : « Je veux
être le parrain de votre fils. »

— C'est bon! c'est bon! répondit madame Laurent; commencez par baptiser celui-ci. Nous avons
justement une caisse de dragées de Verdun qui fera
un peu votre affaire! Et puis j'adore les baptêmes,
moi; on boit du champagne et on chante des chan-
sons pour rire. J'ai aussi un solde de bonbons mi-
fins pour jeter aux enfants dans la rue. Avec ça et
quatre poignées de vieux sous, nous ferons battre
toute la marmaille du pays. Quant à votre secrétaire général, dites-lui qu'il sera parrain du second.

— Un second! s'écria l'employé ; Dieu nous en préserve!...

Mais il ajouta, avec cette admirable résignation qui n'appartient qu'aux mères :

— Si pourtant le ciel nous envoyait une fille, elle serait la bienvenue dans la maison.

Le fils de M. Guérin fut baptisé à Mantes, le 29 septembre 1842. Il eut pour parrain M. Henry Wilson et pour marraine madame Fanny-Laura Burdett. Le parrain déposa dans l'étude de maître Danjou un testament olographe par lequel il laissait la nue propriété de tous ses biens à son filleul, ne réservant que l'usufruit au profit de madame Burdett.

———

X

La bonne vieille madame Guérin mourut dans les premiers jours de l'année suivante. Elle sentit approcher sa fin et l'annonça elle-même deux mois à l'avance.

— Je sais de quoi il retourne, disait-elle ; le moment est venu de prendre mon paquet. Il y a là-bas une diable d'enjambée que mes vieilles jambes ne pourront jamais faire; je tomberai dans le fossé; j'y suis déjà!

Lorsque Pierre-Marie essayait de lui persuader qu'elle avait de longues années devant elle, la courageuse femme haussait les épaules et disait:

— C'est bon! c'est bon! je ne me fais pas de pêches à l'eau-de-vie, et je vois clairement où j'en suis. Après tout, ce n'est pas la mer à boire; on ne meurt qu'une fois, pas vrai? Par ma fi! me voilà bien à plaindre! J'ai établi mon fils, j'ai vu baptiser mon petit-fils, je laisse une famille honnête, riche et considérée. C'est plutôt le cas de chanter le cantique de Siméon... Tant qu'au paradis et à l'enfer, et à tout ce qui nous attend derrière la porte, j'ai confiance; on ne me fera pas plus de mal dans l'autre monde que je n'en ai fait dans celui-ci ; et je n'ai ni agi, ni parlé injustement contre personne, excepté contre cette pauvre mademoiselle Lenormant.

Pierre-Marie la pleura, comme un bon fils qu'il était, et demeura longtemps sous l'impression de ce grand courage.

— Moi aussi, disait-il à sa femme, je veux aller tête levée au-devant de la mort. S'il est dit que je n'atteindrai pas à la vieillesse, si je dois succomber dans cette transition critique qui a été fatale à ma mère, je tâcherai de rendre à mon fils le noble exemple que j'ai reçu.

Cette idée s'imprima de plus en plus profondément dans le cerveau de M. Guérin. Ses amis du ministère, comme ses camarades de la garde na-

tionale, l'ont entendu répéter bien des fois qu'il
mourrait au même âge et du même mal que sa
mère.

Il ne dépassa que de vingt et un jours le terme
qu'il avait fixé.

L'histoire de ses dix-huit dernières années n'of-
frirait au lecteur qu'un intérêt médiocre; je crois
donc inutile de la raconter en détail. La jeune madame Guérin se mit à régner despotiquement après
la mort de sa belle-mère. Non-seulement elle s'ar-
rogea les pouvoirs les plus absolus, mais elle ne
tarda guère à trancher de la femme supérieure.
Les conseils qu'elle donnait à son mari avaient
une couleur de commandement qui eût révolté un
homme plus susceptible. Mais Guérin demeura
persuadé qu'il était heureux en ménage.

La fière Amélie adopta successivement toutes les modes viriles que le sexe faible a inventées au milieu du xixe siècle. Elle porta des cravates, des gilets, des bonnets grecs, des paletots, des chapeaux Louis XIII. Certain été qu'elle prenait les bains à Trouville, elle imagina de sortir avec une canne à pomme d'or, et cette nouveauté, renouvelée des anciens, fit fureur pendant deux ou trois mois. Elle apprit à monter à cheval, et réussit médiocrement au manége. Elle commença un roman sur la royauté de la femme et s'arrêta au troisième chapitre, de vant les difficultés insurmontables de l'ortho-graphe. Tout cela pour une parole échappée à M. Wilson !

Il est mort depuis cinq ans, ce pauvre chirur-gien de Mantes, mort au champ d'honneur de la science, d'une petite blessure sans profondeur qu'il s'était faite avec son bistouri. La fortune qu'il a laissée se monte à plus d'un demi-million. Madame Burdett vit seule, à Cannes, dans une petite maison en forme de tourelle gothique. Elle vient tous les étés à Paris voir son filleul et son cohéritier.

M. et madame Laurent reposent parallèlement dans le cimetière de leur *localité*. Ils travaillèrent jusqu'à la mort, remettant toujours au lendemain la vente du fonds de commerce. Il fallut le choléra de 1849 pour fermer leur boutique, en leur fermant les yeux. Voici leur épitaphe, rédigée par madame Guérin en personne :

ICI RÉPOSENT

UN HOMME SIMPLE ET BON

UNE FEMME NOBLE ET FORTE

CHARLES-MACLOU LAURENT ET ADRIENNE GRANDJEART

ILS ONT LAISSÉ

LE FRUIT DE LEUR TRAVAIL ET LE SOUVENIRE (*sic*)

DE LEURS VERTUS

A UNE FILLE BIEN-AIMÉE

QUI A POUR UNIQUE AMBITION

DE CACHER SOUS LA MODESTIE DE L'UN

LES QUALITÉS HÉRÉDITAIRES QU'ELLE A REÇUES DE L'AUTRE.

On devinera, sans que je le dise, que les moustaches de madame Guérin ont toujours été croissant.

Cette femme *noble et forte*, pour employer son propre style, abandonna à M. Guérin la première éducation du jeune César. Dès que la nourrice fut congédiée, on fit savoir au père qu'il était nommé gouvernante de son fils. Il s'acquitta de ses devoirs avec une joie touchante. Ce fut lui qui enseigna la religion, la lecture et l'écriture à l'enfant qu'il avait porté dans son sein. Mais, quand l'héritier présomptif atteignit sa septième année, madame Guérin le lui reprit pour commencer son éducation virile, c'est-à-dire qu'elle le mit à Sainte-Barbe, où elle paya sa pension.

Pierre-Marie, qui venait d'être nommé sous-chef, allégua qu'il serait désormais plus libre et qu'on pourrait bien lui permettre de continuer lui-

même ce qu'il avait assez heureusement commencé.
Mais la fière Amélie répondit qu'un enfant de sept
ans devait être élevé en homme par des hommes;
et il n'y avait rien à répondre à un si mâle argu-
ment.

Lorsque César était puni pour quelque pec-
cadille, madame Guérin allait le gronder au
parloir et lui *remonter le moral*. M. Guérin ne
pouvait qu'approuver sa femme; mais, le lendemain, il s'échappait du bureau et courait à
Sainte-Barbe porter des consolations et des confitures à l'enfant. Le pauvre petit adorait son
père autant que les confitures; il craignait sa
mère comme un *pensum*. C'était son père qui
allait le chercher, le matin des jours de sortie, et
qui le menait au théâtre Séraphin.

L'élève César Guérin remporta un second prix de version latine au concours général de 1857. Son père et sa mère assistaient à la distribution. Le chef de bureau s'évanouit en voyant M. Rouland poser une couronne sur la tête de son fils. Madame Guérin lui fit respirer des sels et lui dit dans la cour de la Sorbonne qu'il avait été bien ridicule.

Sous-chef en 1849, chef de bureau en 1857, Pierre-Marie fut décoré en janvier 1860. Cette distinction, d'autant plus glorieuse qu'il l'obtenait avant sa vingtième année de service, ne l'attrista guère moins qu'elle ne le réjouit. Il sentait sa fin prochaine et signalait déjà les symptômes de sa dernière maladie. Ces hémorrhagies nasales auxquelles il s'était accoutumé se succédaient à courte distance, puis cessaient pour deux ou trois mois et revenaient abondantes et terribles. Des bouffées de chaleur lui montaient au visage et inondaient son front d'une sueur brûlante qui se glaçait tout à coup. Lorsqu'il reçut de la grande chancellerie le brevet et la croix qu'il avait si patiemment mérités, il répondit aux compliments de ses collègues :

— L'empereur est bien bon ; il met une croix sur ma tombe !

Au milieu de ses angoisses et de ses douleurs physiques, il se préoccupait incessamment de l'avenir de son fils. Le jeune homme était grand et bien fait, porté au mouvement et à l'action, plein d'ardeur pour les plaisirs de son âge. M. Guérin veillait sur lui comme une mère sur sa fille. César avait annoncé le ferme propos d'entrer à l'École militaire, et madame Guérin l'encourageait dans sa vocation. Ce projet du fils et de la mère. fit couler bien des larmes sur l'oreiller de Pierre-Marie.

Lorsque cet homme de bien vit que sa dernière heure était venue, lorsque son voisin le docteur Robineau lui eut conseillé de mettre ses affaires en ordre, lorsqu'il eut reçu les sacrements et rédigé l'acte de sa dernière volonté, il fit appeler sa femme et son fils et les bénit l'un et l'autre en présence du médecin.

Il remercia madame Guérin de tout le bonheur qu'elle lui avait donné en vingt-quatre ans et lui demanda pardon des fautes qu'il avait pu commettre envers elle. Puis il recueillit ses

forces pour remplir un dernier devoir et dit à son
fils :

— Écoute-moi, César. Mes instants sont comptés,
et je ne veux pas te dire adieu sans te révéler le
secret de ta naissance. Les quelques mots qui me
restent à dire pourront t'épargner bien des fautes.
Mon enfant, je ne suis pas ton père !

Le jeune homme, qui pleurait à genoux sur la
descente du lit, releva la tête et lança sur madame
Guérin un regard étrange.

— Eh ! quoi ! dit-il, ma mère...?

— Ne la soupçonne pas, mon enfant, et écoute
moi jusqu'à la fin. Ta mère n'est pas ta mère.

— Mais alors...?

— Cependant, poursuivit M. Guérin, ne t'ima-

gine pas qu'une noble famille, dans des circonstances romanesques, t'a confié à nos soins...

— Mon Dieu! je suis donc...?

— Non, tu n'es pas non plus un de ces malheu-
reux enfants abandonnés que la charité recueille
sur sa route.

— Eh! que m'importe, après tout! s'écria le
jeune homme. C'est vous qui m'avez élevé, adopté,
aimé! C'est vous que j'aime, et la voix du cœur
me dit que je perds en vous le meilleur des
pères!

— Elle ne t'a pas trompé, mon cher fils. Si
j'abdique le nom de père en ce moment solennel,
c'est pour en revendiquer un plus doux encore et
plus sacré. César, mon César! je suis ta mère!...
Ta surprise est bien légitime. A ton âge, on

connaît pas encore tous les secrets de la nature.
Mais M. Robineau, qui est un homme instruit, te
donnera un autre jour toutes les explications dé-
sirables. Oui, je t'ai porté dans mon sein ! oui, je
t'ai conçu dans les embrassements de cette femme
supérieure que je t'adjure de respecter désormais
comme un père ! Oui, je porte à mon flanc la terrible cicatrice de ta naissance !

L'enfant jeta les yeux sur le visage de M. Robineau, qui exprimait une stupéfaction profonde.
L'un et l'autre se tournèrent en même temps vers
madame Guérin. Elle confirma du geste le récit
étrange du moribond.

— Et maintenant, mon fils, poursuivit
Pierre-Marie, comprends-tu dans quel intérêt j'ai
surveillé si attentivement ta jeunesse, pour-

quoi j'ai mis tout mon zèle à te prémunir contre
les séductions de l'amour? C'est que j'ignore
encore si la disposition organique qu'on a observée en moi n'est pas héréditaire, et si un
quart d'heure d'égarement n'aurait pas compro-
mis à la fois ta réputation et ta vie. Comprends-tu
pourquoi j'ai combattu jusqu'à ce jour la vocation qui t'entraînait vers l'armée? C'est que, dans
une carrière civile, et notamment au ministère
des finances, où j'ai laissé de bons souvenirs, la
grossesse d'un employé peut passer inaperçue,
tandis qu'elle choquerait tous les yeux sous l'uniforme du soldat!

Le fils de M. Guérin s'apprêtait à répondre;
mais, soit que l'émotion eût épuisé les dernières
forces du mourant, soit que la longueur de son

discours eût avancé l'heure fatale, il entra dans son agonie et rendit l'âme à deux heures moins un quart.

XI

Le 27 novembre, douze jours après la mort du chef de bureau, neuf jours après ses funérailles, le docteur Robineau se présenta chez le concierge du cimetière. Il était si radieux, qu'on le prit d'abord pour un héritier. Mais, lorsqu'il eut décliné son nom, le gardien des portes de la mort se mit à son service et lui dit fort galamment :

— Monsieur le docteur, nous avons ici beaucoup de malades à vous !

M. Robineau tira de son portefeuille un ordre du préfet de police qui, sur la demande do madame veuve Guérin, lui permettaitd'exhumer le corps de M. Guérin, chef de bureau, pour le transporter à Limay (Seine-et-Oise), dans une propriété de la famille, située à plus de quarante mètres de l'enceinte de la ville.

Le concierge se fit rappeler le jour de l'inhumation, ouvrit son livre d'écrou, et dit au médecin :

— Je tiens votre homme. M. Guérin a été enterré provisoirement, ainsi que douze autres particuliers du même jour, dans une avenue où

je vais vous conduire. Son nom, peint en blanc
sur une croix de bois noir, nous permettra de le
retrouver tout de suite. Reste à savoir si je mettrai
la main sur deux fossoyeurs disponibles. Nous en
avons remercié quatorze ces jours derniers pour
cause d'inconduite. Figurez-vous que ces gaillards-
là se mettaient dans les vignes dès huit heures
du matin et qu'ils vous révolutionnaient tout l'é-
tablissement.

— En effet, dit le docteur, j'en ai remarqué
deux l'autre jour qui étaient dans leur plein.

— C'est très-compromettant pour l'administration. Et, d'ailleurs, il y a des familles auxquelles
cela déplaît.

On trouva deux fossoyeurs. On trouva la croix
de bois noir qui portait en lettres blanches le nom

de M. Guérin. On trouva un cercueil de chêne
dans la fosse, et, dans ce cercueil, lorsqu'il fut
ouvert, on trouva une vieille femme de quatre-
vingts ans.

— Ce n'est pas là M. Guérin! s'écria le docteur.

— Allons, bon! répondit le concierge. Mes
ivrognes se seront amusés à mettre la croix des
uns sur la tombe des autres.

— C'est évident. Mais, à force de chercher,
nous trouverons.

— Chercher où?

— Dans toutes les fosses du 18 novembre.

— Je n'en ai pas le droit. A moins que vous
ne m'apportiez autant de permis d'exhumer qu'il
y a de bières à ouvrir. Total, douze.

— Parbleu! dit le docteur, je n'en aurai point

le démenti. Il ne sera pas dit qu'après avoir dépensé tant d'éloquence chez madame Guérin, j'aurai fait naufrage au port.

Il courut à la préfecture de police et s'adressa directement au chef du 4ᵉ bureau de la 2ᵉ division.

—Monsieur, lui dit-il, je suis le docteur Robineau. Je viens du cimetière Montmartre, où je me proposais de faire exhumer le corps de M. Guérin, en son vivant chef de bureau au ministère des finances. Une incroyable fatalité, ou pour mieux dire un vice d'administration, fait que la bière désignée par le nom de M. Guérin renferme le corps d'une femme de quatre - vingts ans. Les fossoyeurs ont mis une croix à la place d'une autre. Je compte sur votre obligeance pour réparer cette erreur en me permettant de faire ouvrir toutes les bières déposées à la date du 18 courant.

Le chef de bureau répondit qu'il ne pouvait prendre sur lui une responsabilité si grave ; que la loi avait entouré ces sortes d'opérations de garanties toutes spéciales , et que l'autorité elle-même ne se permettrait pas de déplacer un mort dont la concession est expirée sans inviter la famille à cette triste cérémonie. Que cependant il se ferait un devoir d'en référer à qui de droit et qu'il ne désespérait pas de rendre , vers le 1er janvier, une réponse satisfaisante.

— Mais, monsieur, s'écria le docteur , il sera trop tard. Les morts vont vite! comme dit le poëte allemand, et, quand vous me livrerez mon Guérin,

je ne saurai plus qu'en faire ! Sachez que la con-
formation intérieure de cet homme est une des
plus grandes curiosités de la nature ; que je veux
écrire un livre sur l'anatomie spéciale de Guérin,
et que l'intérieur de ce chef de bureau, gravé dans
un atlas grand in-huit, fera une révolution dans la
science !

— Et vous croyez que je prêterai les mains à un
pareil attentat ! que je vous livrerai le corps d'un
homme, d'un père de famille, d'un chef de bureau,
pour amuser le public de ses infirmités secrètes !
On vous en donnera, des chefs de bureau ! Croyez-
vous donc que nous servons le gouvernement avec
zèle et fidélité pendant trente années pour que le
premier charlatan venu nous offre en pâture à la
curiosité publique ! Sortez, monsieur, et sachez-

moi gré de ma modération si je ne pousse pas l'affaire plus loin !

M. Robineau sortit désespéré ; et voilà comment la science a perdu un beau livre sur le cas de M. Guérin.

LE 41ᵉ FAUTEUIL

LE 41ᵉ FAUTEUIL

Le 20 septembre 1865, l'Académie française élut M. Arsène Houssaye : il entrait dans sa quarante-huitième année. MM. de Lamartine, Victor Hugo, Théophile Gautier, Jules Janin, Alfred de Vigny furent les premiers qui votèrent pour lui ; MM. Ponsard et Augier vinrent ensuite. Il n'eut pas la voix de M. Saint-Marc Girardin. L'Académie accueillait en lui un esprit charmant, un écrivain facile, un poëte aimé des dames, et un homme de bonne compagnie.

Son discours de réception fut étincelant comme un feu d'artifice; mais les murailles de l'Institut avouèrent qu'elles n'avaient jamais rien entendu de moins académique. Il compara l'Académie à une belle fille qui choisit entre ses amants celui qui feint de la dédaigner. Il parla de la poésie, qu'il aime; de la peinture, qu'il connaît; de l'Opéra, de la philosophie, des danseuses, qu'il apprécie; du xviiiᵉ siècle, qu'il adore; de la Comédie-Française, qui lui doit beaucoup, et du cabaret, où il n'a jamais mis les pieds. Il scandalisa cinq ou six dames et charma toutes les autres. Du quarante et unième fauteuil, il n'en dit pas un mot.

L'orateur chargé de lui répondre tira d'une

grande poche un beau volume in-8⁰ cavalier, —
très-cavalier, — bien imprimé sur un papier magnifique. On lisait sur la couverture : *Histoire du
41ᵉ fauteuil de l'Académie française*, *dixième édition*. Puis il commença en ces termes :

« En vous ouvrant ses portes, monsieur, l'Académie acquitte une dette de reconnaissance. Vous
avez ramené sur elle l'attention publique dans
un temps où elle avait le plus grand besoin de
sympathie. Vous avez raconté son histoire à propos de tous les écrivains qu'elle n'a pas élus. Vous
avez porté plus haut que personne la qualité
d'académicien, en déclarant qu'il avait manqué à
Louis XIV et à Napoléon d'être de l'Académie. Au
lieu de dire, comme beaucoup de mauvais plai-

sants et quelques bons, que quarante académiciens
étaient pour la France une luxe inutile, vous avez
regretté qu'elle n'en eût pas toujours compté un
de plus ; vous avez demandé le supplément d'un
fauteuil, loin de demander la destruction des
quarante.

» Votre livre, monsieur, est comme les meil-
leures choses de ce monde et l'Académie elle-
même : il n'est point parfait. Vous l'avez jugé, à
la dernière page, par la bouche de Fréron, avec
une sévérité sur laquelle je n'enchérirai pas : elle
est beaucoup trop exagérée. « Pourquoi », dit Fréron, « cette préface ambitieuse qui touche à tout,
» et qui n'est ni de l'histoire ni de la poétique ? »
Il est vrai, monsieur, que votre préface n'est ni
un traité de poétique, ni une profession de foi, ni

un appel aux armes comme les poëtes en ont trop
écrit dans les derniers temps : c'est une préface.
C'est une conversation de l'auteur avec le lecteur,
un peu décousue comme toutes les conversations,
mais toujours vive et sémillante. On la lit avec
beaucoup de plaisir et un peu de fruit, comme on
écoute, dans un salon, cinq ou six personnes spi-
rituelles. Les idées n'y sont pas enchaînées étroi-
ment ; mais il y a beaucoup d'idées. La contradic-
tion s'y glisse de temps en temps, comme dans
toutes les conversations du monde. On croit, en
la lisant, entendre plusieurs hommes de diverses
humeurs qui parlent tour à tour; car il y a en
vous, monsieur, plusieurs hommes. Il y a en vous
un croyant, un sceptique, un poëte, un calcula-
teur, un savant, un moins savant, un homme de

plaisir, un homme d'étude, dix hommes pour le
moins, et, sur le nombre, il n'en est pas un dont
on ne désirât être l'ami. Voyez, monsieur, com-
bien Fréron était injuste pour votre préface! S'il
dit tant de mal de vous, c'est qu'il sait que Voltaire en aurait dit du bien.

» Fréron ajoute, avec une dureté contre laquelle
je réclamerai encore : « Est-ce que l'auteur s'ima-
» gine qu'on prendra ses ébauches pour des por-
» traits? » Fréron a tort, monsieur : parmi vos
portraits, il en est beaucoup d'achevés. Vous n'a-
vez ébauché ni Scarron, ni Beaumarchais, ni Gé-
rard de Nerval; vous les avez peints, et de main
de maître. Ce qui sent l'ébauche, dans votre livre,
ce n'est ni cette page-ci, ni cette page-là, c'est le
livre. Vous avez travaillé sur un plan très-précis

et admirablement tracé ; mais vous ne vous y êtes
pas toujours tenu. Votre idée première était de supposer l'existence d'un quarante et unième fauteuil,
d'y faire asseoir, les uns après les autres, tous
les écrivains qui ont manqué à l'Académie, et de
leur prêter des discours de réception aussi vrai-
semblables que possibles. C'est ainsi que vous avez
mis dans la bouche de Descartes un morceau du
Discours de la Méthode, rehaussé de quelques or-
nements modernes qui appartiennent à vous. Si
vous étiez resté fidèle à ce plan, votre livre aurait
eu, s'il est possible, un charme de plus. Mais vous
vous êtes trop tôt lassé d'écrire des discours de
réception ; souvent même vous avez oublié le quarante et unième fauteuil et l'Académie.

» Il suit de là que les figures diverses que vous

11

avez dessinées ne sont pas des personnages dans
un tableau, mais des portraits dans une galerie,
et votre livre ressemble un peu à une réunion d'ar-
ticles de journal, comme les journaux voudraient
en trouver.

» Chemin faisant, monsieur, vous avez regretté
plus d'une fois de n'avoir ajouté à l'Académie qu'un
fauteuil. Il vous coûtait d'attendre la mort de
Scarron pour élire Pascal, et la mort du cardinal
de Retz pour nommer le duc de la Rochefoucauld.
Les académiciens de votre choix ne font que passer au fauteuil, et l'Académie est pour eux l'anti-
chambre du cimetière. Rotrou vient y faire l'éloge
de ia poésie la veille du jour où la poésie doit le
perdre, et c'est à son lit de mort que le père Malebranche succède au roi Louis XIV. Vous l'avez

mis au quarante et unième fauteuil pour quarante-
trois jours, et dans un temps où il ne pouvait plus
s'asseoir ; était-ce vraiment la peine ? Vous vous
êtes trouvé dans un plus grand embarras vers
l'année 1821 ; le même fauteuil était occupé si-
multanément par trois hommes bien différents:
Millevoye, Joseph de Maistre et Napoléon. Vous
n'avez voulu exclure personne, et vous avez sacri-
fié la vraisemblance à la justice ; cependant, à la
fin du livre, un scrupule vous a pris, et, toutes
réflexions faites, vous avez ajouté un quarante-
deuxième fauteuil.

» Ce Fréron, qui est si injuste envers vous, ne
vous a fait qu'un seul reproche raisonnable; c'est
lorsqu'il dit:

« L'auteur sait bien que l'Académie n'a jamais
fermé sa porte aux hommes illustres qu'il a hébergés
dans son quarante et unième fauteuil. Est-ce la faute
de l'Académie si Descartes était exilé, si Pascal était
un solitaire, si Louis XV n'a pas voulu de Piron, et
si Béranger refuse d'être académicien ? »

» En effet, monsieur, l'Académie ne pouvait
aller chercher Descartes en Suède. Rotrou eût été
des nôtres s'il eût vécu. Gassendi, qui écrivait en
latin, ne songea non plus que Lucrèce ou Épicure
à l'Académie française ; l'Académie ne l'a pas refusé, car il ne s'est pas présenté à elle. Scarron a
fait comme Gassendi, il est resté chez lui ; pour
que l'Académie lui ouvrît sa porte, au moins
fallait-il qu'il prît la peine d'y frapper. Pascal,
Arnaud, Nicole, Bourdaloue, Malebranche, n'ont

jamais voulu être des nôtres, et Molière n'y a jamais songé. Si le cardinal de Retz et le duc de la Rochefoucauld s'étaient présentés, doutez-vous qu'on ne les eût reçus? L'Académie a reçu tant de ducs et de cardinaux qui ne les valaient pas! Saint-Évremont a vécu en exil; d'ailleurs, il n'a rien publié de son vivant. Bayle habitait la Hollande et Regnard le cabaret. Louis XIV aurait supprimé l'Académie, si elle avait eu l'impertinence de l'élire : lorsqu'on s'assied sur un trône, on n'aspire pas à un fauteuil. Hamilton était Anglais; Dancourt était farceur; Jean-Baptiste Rousseau... Si Jean-Baptiste Rousseau pouvait revivre et qu'il se présentât demain à l'Académie, je suis sûr, monsieur, que vous ne lui donneriez pas votre voix. Vous n'aimez pas ses vers, vous n'estimez pas son caractère, vous ne jureriez pas qu'il n'est point l'auteur des couplets infâmes qui l'ont fait exiler ; vous savez qu'il a renié son père; vous avez raconté avec éloquence cet acte de lâche vanité, dont le foyer de la Comédie-Française a gardé la mémoire. Assurément, monsieur, vous n'admettriez pas un tel homme à l'Académie. Peut-être donneriez-vous votre voix à Jean-Jacques, et cependant, je n'en répondrais point... Je ne veux pas, mon-sieur, épuiser la liste de tous les académiciens que vous avez faits; je me contente de remarquer en terminant qu'il n'y en a qu'un sur quarante-sept qui se soit présenté à l'Académie, c'est Piron L'Académie l'a reçu à l'unanimité, quoiqu'il y eût bien à dire. Vous avez assis au quarante et unième fauteuil trois ou quatre jeunes gens de trente ans.

Hélas ! monsieur, nous savons tous qu'on n'arrive pas si jeune à l'Académie. Vauvenargues et Chénier auraient été des nôtres si la mort l'avait permis ; Gilbert, s'il avait eu le temps de faire de bons vers ; Hégésippe Moreau, s'il avait eu la patience de vivre. Vous avez dit vous-même avec infiniment d'esprit :

« Les modernes nous tiennent compte de ne pas mourir gaiement. Faites mourir Malfilâtre sur un bon oreiller, Malfilâtre perd l'immortalité. Faites mourir Gilbert comme M. de Buffon, et ce n'est plus qu'un poëte du commun des martyrs, au lieu d'un poëte martyr. »

» Il est bien vrai, monsieur, les écrivains dont vous parlez sont morts trop jeunes, comme Hégé-

sippe Moreau et Armand Carrel; mais, en bonne
foi, l'Académie pouvait-elle, de leur vivant, leur
tenir compte de leur mort?

» Je dois l'avouer, monsieur, cette critique, si
juste qu'elle me paraisse, n'enlève rien au charme
de votre livre. Elle n'y nuit pas plus que la har-
diesse de certains paradoxes et l'invraisemblance
de certains discours. Vous supposez que Descartes a débuté à l'Académie par un éloge de
Mathurin Régnier, et qu'il a dit à ses collègues

« Laissez-moi penser que je succède à ce grand
poëte. Son buste sera apporté ici par ma sollicitude,
nous lirons ses beaux vers, et nous croirons l'avoir
parmi nous. »

» Je doute fort, monsieur, que Descartes fût

plus tolérant en morale que Boileau, et qu'il ait jamais affiché une admiration si religieuse pour l'homme qui a traîné les Muses où vous savez. On peut s'étonner aussi que Gassendi, la raison même, se compromette par l'éloge d'un demi-fou tel que Cyrano. Si le duc de la Rochefoucauld, ce grand seigneur sceptique et hargneux, a jamais dit : « Je » n'ose parler de Molière, les hommes d'esprit » n'ayant rien à dire des hommes de génie, » c'est apparemment qu'il avait eu quelque distraction à la Brancas, qu'il avait pris un autre chapeau pour le sien, et qu'il croyait être un autre homme. Je m'étonne que Fénelon ait voté hautement pour Bayle, à moins que Fénelon n'ait été, comme vous le dites en quelque endroit, un panthéiste sans le savoir. Votre dialogue sur la nomination du marquis de Sainte-Aulaire est pétillant d'esprit ; mais je n'oserais affirmer que chacun y parle en son langage et que les mœurs oratoires y soient rigoureusement observées. A quelques pages plus loin, le duc de Saint-Simon m'a paru reconnaitre assez mal l'hospitalité de l'Académie en brutalisant la mémoire de Racine et de La Fontaine : on écrit souvent dans un livre, et surtout dans des Mémoires, telles vérités qui ne sont pas de mise dans un discours académique. Que l'abbé Prévost ait prononcé devant ses confrères le panégyrique de Madeleine repentante, il n'y a pas apparence ; la mode n'en était pas venue, et j'espère qu'elle sera bientôt passée. Vous avez dit de Diderot : « C'est l'homme fait à l'image de Dieu. » Je pense que Dieu, si vous lui aviez laissé le choix eût préféré une autre image. Vous avez ajouté que Fénelon était frère de Diderot, comme Bayle l'était de Voltaire. Je crains que ni Fénelon ni Diderot ne s'accommodent de cette nouvelle parenté.

» Un soir, dans le parc de Versailles, vous évoquez l'ombre majestueuse de Louis XIV, et, sans descendre de son piédestal, le vieux roi de deux cent dix-sept ans vous répond de ses lèvres de marbre :

« J'ai appris à lire dans l'esprit de ma mère ; j'ai appris à gouverner les hommes en me laissant gouverner par les femmes. Ma bibliothèque royale, c'était Marie de Mancini, cette Bérénice avant Racine ; c'était ma sœur, madame Henriette, le premier mot de l'éloquence de Bossuet ; c'était Louise de la Vallière, cette Madeleine qui est morte en Dieu pour avoir vécu en moi ; c'était mademoiselle de Fontanges, cette

Psyché qui eût encore appris l'amour au vieux Corneille; c'était Montespan, qui dépensait vingt-cinq millions par an à ses rubans et à ses poëtes, mais qui n perdait ni ses millions ni ses années, puisque j'avais tous les printemps, un enfant de plus à légitimer ; c'était Françoise d'Aubigné.

» Encore une fois, je vous le dis, ce sont les femmes qui m'ont enseigné le catéchisme royal...

» Molière ne vivait pas, il laissait vivre en lui, tour à tour et en même temps, mademoiselle de Brie, mademoiselle Duparc et Armande Béjart! Condé a vaincu à Rocroy, parce qu'il savait qu'il portait sur son cœur le bouclier de mademoiselle du Vigean et de celle qui était la virilité de la Rochefoucauld! Racine était un luth que faisaient chanter toutes les femmes... Fénelon... aurait-il trouvé cette poésie et cette onction sans madame Guyon, sans madame de Bourgogne, sans mademoiselle de la Maisonfort? La femme est partout dans mon siècle, parce que c'est un grand siècle...

« En vérité, je vous le dis, Dieu a créé l'homme à
son image ; mais Ève, à son tour, a créé des enfants à
son image. Conçus dans le péché par la femme, par
la femme aussi nous retrouvons les chemins perdus
de la grâce, nous autres les délicats de la race humaine, nous autres qui allons éternellement secouer
les rameaux de l'arbre de la science, nous autres les
fils d'Ève, qui laissons les fils d'Adam, les pauvres
d'esprit, dormir pendant que le serpent siffle. »

» Je suis presque sûr, monsieur, que, tandis que
le grand roi vous faisait ces confidences, les vieux
ifs, ses contemporains, laissaient tomber leurs
branches de surprise, les sirènes des bassins ouvraient une grande bouche, et les roseaux se
dressaient sur la tête des tritons. Le xviiᵉ siècle
tout entier s'étonnait de se voir rajeuni dans
la personne de son maître, et Versailles, stupé-

fait, reconnaissait dans son fondateur un don
Juan royal et un Rolla couronné. Personne mieux
que vous, monsieur, n'a su accommoder l'histoire
aux caprices de la fantaisie, et vous avez donné
une grâce incomparable à l'anachronisme : c'est
que vous n'êtes pas un historien, mais un poëte.
Votre esprit est si original, qu'il transforme tout
ce qu'il touche ; quel que soit l'homme que vous
faites parler, dès qu'il ouvre la bouche, il n'est
plus lui, il est vous. Vous savez admirablement
l'histoire, et surtout l'histoire du xviii° siècle ;
vous la connaissez jusque dans ses profondeurs
les plus reculées et ses détails les plus minu-
tieux ; mais vous l'avez apprise pour la refaire et
non pour la raconter. La vie moderne et les idées
d'aujourd'hui se glissent, malgré vous, dans les

récits du passé; votre main rajeunit les matériaux qu'elle emploie et donne à la vétusté la plus poudreuse un vernis de jeunesse et de nouveauté. Votre style est de ceux qui échappent à la critique et à l'analyse: il n'appartient à aucune école ; il ne se place dans aucun casier, et les pédants à catégories ne sauraient auquel le comparer. Tantôt il s'avance ample et majestueux comme un fleuve, tantôt il sautille comme un ruisseau qui descend les montagnes. Vos idées et vos phrases courent, s'arrêtent, reviennent, se culbutent et s'entassent les unes sur les autres, comme ces libres troupeaux qui voyagent sans guide dans les savanes de l'Amérique. Vous en êtes le maître et non le conducteur ; elles sont à vous, mais vous ne les dirigez pas : à peine si vous pouvez suivre des

yeux leur course emportée et tumultueuse. La
différence est la même, entre vous et un écrivain
rassis, qu'entre un riche qui ne peut ni compter
ni gouverner sa fortune, et un petit propriétaire
qu' a ses affaires en ordre et chaque chose sous
la main. Je voudrais, monsieur, terminer cette
critique de votre livre, par la lecture d'une de ces
pages si vives qu'elles échappent à toute prise de
la critique. Je m'aperçois que l'assemblée n'est
plus complète et que l'ennui de mon discours a
fait fuir la plus belle moitié de mon auditoire.
Puisque nous sommes entre hommes, permettez-
moi de lire un fragment de votre chapitre sur
Scarron :

« Il était aimé partout, même à l'Académie, qu'il
raillait ; il était aimé de tous, même du cardinal Ma-

zarin, qu'il chansonnait. Il ne lui manqua guère que
l'amour de sa femme. Et encore Françoise d'Aubigné l'aima, avec l'amour en moins. Était-ce sa faute
à elle? Si j'étais l'abbé de Voisenon, je dirais « qu'il
» ne la desservait non plus que son canonicat... »
D'ailleurs, la jeune Indienne n'était pas une de ces
femmes qui cherchent le mari au triple talent, réalisé par Henri IV. Elle était née maîtresse de roi, et
surtout maîtresse de pension. Et encore lui fallait-il
un roi vieilli par Montespan, une école attristée par
la lourdeur sépulcrale de l'architecture, et par les
grâces ennuyées d'écolières condamnées au célibat
et à la tragédie! »

FIN

TABLE

—

ÉMILE COLIN — IMPRIMERIE DE LAGNY

www.ingramcontent.com/pod-product-compliance
Lightning Source LLC
Chambersburg PA
CBHW051833020726
47502CB00005B/1755